Goupil d'Ardèche

Du même auteur

À l'ombre de la colline, éd. J.-M. Laffont, Lyon, 1981 (épuisé).
Clément Ambroise, éd. J-M Laffont, 1981 (épuisé).
L'ombre d'une jeune fille, éd. RTL, Paris, 1986 (épuisé).
Terre sauvage, éd. Mon Village (Suisse), 1989.
L'Enfant du Rhône, éd. Mon Village (Suisse), 1989.
Augustin Mange-Lune, éd. La Mirandole, 1991
Les Feux du solstice, éd. La Tour Gile, 1992
Le Val aux Iris, éd. La Tour Gile 1993 (épuisé)
Le Vent de neige, éd. La Mirandole, 1995 – prix de la ville d'Ambronay et de la S.P.P.A, 1997.
Rhodanie « Ce pays d'où je viens », éd. La Tour Gile, 1994 (épuisé)
Rhodanie « Le fleuve et la terre », éd. La Tour Gile, 1995
Rhodanie « Coteaux et Collines », éd. La Tour Gile, 1996
Le Pays bleu, éd. Mon Village, Suisse, 1995
Hauteloup, éd. Mon Village, Suisse, 1996
Passent les nuages, éd. La Tour Gile, 1998
Les Fleurs du Talion, éd. Lyonnaises, 1999
Lumière de neige, éd. La Tour Gile, 2000
Les Vestiges du temps, éd. Lyonnaises, 2000
Dieudonné, l'enfant des montagnes, éd. Mon Village, Suisse, 2000
Le Domaine de Chêneloup, éd. Mon Village, Suisse, 2003
L'Hôtel des noyeraies, éd. Mon Village, Suisse, 2004
Nous retournerons dans les collines, éd. Mon Village, Suisse, 2006
Un hiver pour aimer, éd. Mon Village, Suisse, 2007

Suzanne de Arriba

Goupil d'Ardèche

Chants de la terre

La Fontaine de Siloé

Toute ressemblance avec des personnes existant ou ayant existé, toute homonymie, seraient purement fortuites.

ISBN : 978-2-84206-384-9

Couvent des Dominicains, Vieille-Rue, 73801 Montmélian Cedex
Tél. : 04 79 84 27 24 - Fax : 04 79 84 21 86

Pour mes trois Ardéchois, affectueusement.

Première époque

Goupil

Chapitre 1

Thomas Jolès avait les cheveux roux et tout le monde le surnommait Goupil, ce qu'il détestait sans l'avouer.

Le garçon venait d'allumer du feu dans l'âtre monumental. Il avait laissé ouverte la porte de la chambre où reposait la malade. Son cousin Pierre l'avait rassuré : tout avait été tenté pour prévenir la petite-fille de Floriane Chastain. Le message, expédié par le service des télégrammes, à l'adresse d'Adeline, à Paris, se trouvait sans doute entre les mains de la jeune fille.

Mais, à cette heure, aucune réponse n'était encore arrivée.

Adeline, « Adi », comme on disait souvent, quand elle se montrait gentille et non point cassante ou moqueuse, ou encore indifférente.

Adeline, celle qu'ils appelaient aussi leur princesse.

Adeline était la petite-fille de Floriane. Son instruction avait fait d'elle une véritable demoiselle. « Montée » à Paris, elle travaillait en qualité d'employée aux écritures au ministère et, ici, tout le monde savait qu'elle fréquentait un homme important, déjà marié. Elle ne s'en était pas cachée et semblait même éprouver une sorte d'orgueil à braver ainsi les conventions, même si elle savait combien elle chagrinait Floriane.

Adeline n'avait pas pris depuis longtemps des nouvelles de sa grand-mère. Et Floriane se mourait des suites d'une mauvaise grippe dont elle semblait pourtant avoir triomphé avant d'avoir brusquement rechuté.

Le garçon regarnit l'âtre en s'efforçant de faire le moins de bruit possible pour ne pas déranger la malade. Il était devenu évident pour tous que Floriane arrivait au terme de sa vie. Mais Goupil se refusait encore à croire que cette femme qu'il aimait si fort allait partir, le laissant seul et de nouveau orphelin.

Loin dans la vallée, beaucoup trop loin, exerçait le docteur Guibert. Goupil l'avait mandé en dépit des protestations de Floriane. Le médecin était venu après avoir chevauché une journée entière et avait déclaré tout net au garçon qu'il n'y avait plus rien à faire, qu'à attendre.

Alors, avec l'approbation de Pierre, Goupil était allé quérir la Fanette.

Il y avait de cela une semaine, et la Fanette s'était dévouée sans compter. On l'appelait « la femme aux herbes », on la craignait un peu, mais souvent, elle guérissait.

La vieille femme était montée prendre un peu de repos dans son antre ; elle reviendrait plus tard, elle l'avait promis.

Ce souci de veiller Floriane, même à la tombée du jour, n'augurait rien de bon.

Thomas guettait.

Il ne tenait plus en place, allant sur la pointe des pieds de la chambre de la malade à la fenêtre basse de la grande salle. Il n'avait pas tiré les volets, mais l'obscurité régnait déjà dans la maison.

Le garçon finit par sortir sur le pas de la porte qu'il referma derrière lui tout doucement. Des sanglots grondaient dans sa gorge. Elle n'était pas si vieille, Floriane, elle avait tout juste passé la soixantaine et, jusqu'à cette maudite grippe, elle était du bois dont on façonne les centenaires. Goupil s'était accoutumé à l'idée de la voir durer éternellement. Un monde sans sa bienfaitrice, ce n'était pas vraiment imaginable !

Enfin, la faible lueur d'un falot bougea dans la ruelle. Goupil se précipita, soulevé par un espoir insensé, comme si la Fanette, en une heure d'absence, avait pu découvrir la plante miraculeuse qui tirerait la moribonde de sa léthargie.

Hélas ! La Fanette n'apportait rien, que sa présence rassurante.

— Ah ! Goupil ! Tu m'attendais ! J'ai fait aussi vite que possible. Comment est-elle ?

Le garçon baissa la tête.

— Il n'y a rien de changé !

Fanette pénétra dans la maison derrière lui. Ils entrèrent dans la chambre de la malade. À leur grande surprise, Floriane était réveillée et, à la lueur de la chandelle, elle paraissait avoir meilleure mine. Thomas se persuada aussitôt qu'un mieux s'était produit.

La femme aux herbes s'assit près du lit de Floriane, saisit sa main droite et la plaça entre les siennes.

— Veux-tu boire, mon amie ?

— Non, non. Écoute, Fanette, je dois te parler… Je me fais du souci pour le petit !

La voix de la malade n'était qu'un souffle et Fanette devait se pencher sur elle pour l'entendre.

— Il ne faut pas t'inquiéter pour ton protégé, dit la guérisseuse avec bonté. Je lui vois un bel avenir.

— Il est encore si jeune. Quand je ne serai plus…

— Son cousin Pierre prendra soin de lui. Et Goupil va sur ses dix-sept ans, même s'il n'y paraît guère !

— Je me tourmente aussi pour ma petite !

— Oh ! ça ! Je sais bien. Elle doit apprendre, comme tout le monde. Nous avons tous notre chemin à tracer en ce bas monde ; pour certains, c'est plus facile, pour d'autres, le travail est ardu. Mais les épreuves forgent le caractère. Je suis persuadée qu'Adeline finira par entendre la voix de la raison et trouvera le bonheur. Ne te tourmente plus, Floriane, tout ira bien pour ces deux-là que tu aimes tant !

— Tu dis cela pour que je parte tranquille.

— Pas du tout. Tu me connais. Je dis ce que je pense et tu n'ignores pas que j'ai le don de clairvoyance. Je prierai pour ces jeunes gens, Pierre y compris. Mais pense plutôt à toi, à présent, Floriane.

— Oui, il est temps. Fanette, il faut qu'on appelle un prêtre. Je veux quitter cette terre munie du viatique des sacrements. Juge de mon état et réponds-moi : crois-tu que l'on peut attendre demain ?

— Non, mon amie. N'attendons pas. J'envoie Goupil.

— Thomas. Appelle-le Thomas. C'est ainsi qu'il fut nommé à son baptême. On l'oublie trop souvent, par ici, et je suis la seule à lui donner son véritable prénom.

— Mais c'est sans méchanceté qu'on le surnomme ainsi, à cause de ses cheveux roux. Bon ! Je vais lui dire ce que tu souhaites.

Assis devant le feu, le garçon attendait, la tête vide, le regard hypnotisé par les flammes. La fatigue l'avait terrassé.

Dans un brouillard, il entendit son prénom, – et non pas son surnom – répété plusieurs fois par la femme aux herbes. Le regard étrange de Fanette – son œil droit était bleu et le gauche, vert – l'effleura avec une sorte de tendresse.

— Floriane te réclame, mon enfant, dit-elle simplement. Je te laisse seul avec elle un moment, ensuite tu te mettras en route sans attendre et tu ramèneras le prêtre.

Les jambes faibles, le garçon pénétra dans la chambre et tomba à genoux près du lit de sa bienfaitrice. Les mains de la mourante se posèrent sur la crinière rousse, en une lente caresse.

La voix douce qui avait consolé Thomas si souvent lui chuchota :

— Ne sois pas triste, mon petit enfant ! Il ne faut pas.

— Je n'ai que vous et Pierre. Vous m'avez recueilli alors que j'étais orphelin, vous m'avez élevé sans faire de différence avec votre propre petite-fille. Je vous dois tout ce que je sais, tout ce que je suis ! Et je vous aime tant !

— Je le sais bien et je t'aime aussi. Ne pleure pas, mon petit. Je crois en la résurrection. Il existe une vie dans le monde d'après pour les âmes qui ont quitté leur enveloppe de chair. En attendant ce jour glorieux, et cet au-delà de lumière, je veillerai sur toi, mon Thomas ! À présent, penche-toi que je t'embrasse !

Emportant ce dernier baiser comme une bénédiction ultime, Thomas courait les chemins pour aller prévenir le prêtre au village dont dépendait leur hameau de Maubec, qu'on appelait aussi Combe-Verte, car il était encaissé aux pieds des châtaigneraies.

Les guerres de religion avaient été sanglantes en Vivarais, mais aujourd'hui, en cette fin du XIXe siècle, on trouvait presque autant de curés que de pasteurs, et les communautés religieuses se toléraient, fraternisant parfois.

Le village paraissait si loin tout à coup ! Le vent s'était levé et semblait crier à Thomas une vérité douloureuse : il avait beau courir, cela ne servirait à rien. À son retour, Floriane aurait fermé les yeux pour toujours, et son âme avide de recevoir Dieu aurait quitté son corps.

Et Adeline n'était pas là !

Du sommet d'une côte, l'adolescent aperçut enfin le clocher du village, forme sombre, élancée, tendue vers le ciel sans étoiles. Le presbytère se trouvait tout près. Encore quelques lieues, un versant à dévaler, un autre à escalader, et il réveillerait le prêtre. Comme pour le ralentir dans sa mission sacrée, le vent déploya tout à coup une force inouïe. Sous les pas précipités du garçon, des pierres roulèrent dans la combe que le sentier surplombait dangereusement.

Une fois encore, la pensée d'Adeline lui transperça le cœur.

Goupil se remit à courir. Il avait l'impression que sa poitrine allait éclater. Il s'arrêta pour reprendre son souffle avant l'ultime montée. Un orage se préparait. Quand le tonnerre commença à gronder, l'adolescent eut l'impression qu'un géant s'était emparé des montagnes et les soulevait pour les entrechoquer et les broyer.

On enterra Floriane le surlendemain, et sans Adeline. Tous les habitants du village accompagnèrent à sa dernière demeure cette femme estimée. Deux chevaux tiraient le corbillard tendu de draperies noires. Pierre le forgeron marchait avec Goupil en tête du cortège et le réconfortait, tout en pleurant aussi fort que le garçon.

Même la Fanette avait consenti à sortir de son repaire et à se montrer au grand jour en suivant le cortège funèbre.

Thomas regardait fixement le cercueil que les hommes descendaient dans la fosse à l'aide de grosses cordes. La scène lui semblait irréelle. Et pourtant, il vivait une réalité cruelle. Des images de cette nuit d'orage et de douleur où il courait sous les éclairs lui revenaient. Il avait trouvé le prêtre, mais, bien sûr, ils étaient arrivés trop tard.

L'homme de Dieu avait néanmoins béni le corps apaisé de Floriane. La défunte, déjà, avait été revêtue par la femme aux herbes de sa plus belle robe de fête et de son châle à longues franges. Sous sa coiffe du dimanche, son visage était serein, ses yeux clos, sa bouche semblait même esquisser un sourire, ses mains croisées sur la poitrine tenaient un chapelet et ses doigts semblaient égrener les grains de buis.

La Fanette, debout près du lit, marmottait des prières qui, à un tout autre moment, n'auraient pas semblé très catholiques à Thomas. Monsieur le curé et la femme aux herbes s'étaient regardés, puis salués avec estime. Les gens avaient beau dire que ces deux-là n'étaient pas du même bord, ils savaient, eux, qu'ils priaient le même Dieu et œuvraient pour le bien, chacun à leur manière.

Oui, Floriane a eu un bel enterrement, se répéta Thomas, même si cela ne représentait pas une grande consolation à son immense chagrin.

Tant de monde, pour accompagner sa bienfaitrice ! Tant de monde, toute l'Ardèche, on aurait dit… mais pas Adeline.

Chapitre 2

Grand, sanguin, un peu voûté, l'homme avait installé dans le compartiment l'élégante jeune femme enfouie dans une pelisse de fourrure et, à présent, il s'attardait, tout en restant sur le qui-vive, redoutant quelque journaliste qui l'aurait surpris là.

Léon chuchota à Adeline mille recommandations et lui renouvela ses promesses. Il tenait à elle. N'était-il pas venu l'accompagner à la gare en dépit du risque qu'il prenait de se faire reconnaître, lui, l'homme important, l'homme public et marié de surcroît à une dame de la haute bourgeoisie !

Non ! Le moment n'est pas encore venu de divorcer… s'il vient jamais, songea Adeline ! Le beau-père de Léon lui accordait un appui sérieux en politique. Il ne pouvait pas se permettre de s'en faire un ennemi, pas maintenant ! Mais un jour, Léon le jurait, il quitterait Marthe pour l'épouser, elle, Adeline.

En attendant, il fallait se cacher pour s'aimer. Tout cela n'était pas honnête, ni pour Marthe ni pour Adeline. La jeune femme en avait conscience, mais, jusqu'à présent, elle avait toujours trouvé des excuses à celui qu'elle aimait – ou croyait aimer.

L'homme s'en alla enfin après un baiser furtif. Il sauta sur le quai, fit quelques pas, se retourna, lui adressa un signe. Puis, la foule l'absorba et Adeline, inexplicablement, fut soulagée de se retrouver seule.

Hier encore, elle était à ses côtés, il lui avait accordé des instants volés à ses activités si essentielles, une importante parenthèse, selon lui. Ils avaient fait une escapade jusqu'à Fontainebleau, mais Léon l'avait ramenée de bonne heure : des rendez-vous l'attendaient, et puis, sa femme aussi. La parenthèse s'était bien vite refermée.

Alors, Adeline était ressortie, elle voulait marcher seule puisque Léon avait trop peur de se montrer avec elle dans les lieux publics. Sur les quais, les marchandes des quatre saisons haranguaient les passants. Dans les paniers et les corbeilles en osier s'amoncelaient les pommes et les dernières poires.

Il y avait des fleurs partout sur le trottoir, des dahlias, des bottes de chrysanthèmes qui trempaient leurs longues tiges dans des seaux de métal.

Adeline s'était arrêtée près des marchands de marrons chauds qui lui rappelaient tant l'Ardèche. L'Ardèche… Et Pierre qui lui cueillait des brassées de marguerites.

Goupil aussi lui composait des bouquets, mais il n'était qu'un enfant, parfois si agaçant ! Pierre, lui, l'aimait, comme un homme. Il disait que le jour de leurs noces, il récolterait toutes les fleurs de la campagne et en recouvrirait leur lit nuptial, afin qu'ils s'endorment, leur première nuit, au milieu d'une jonchée de couleurs et de parfums.

C'est en rentrant qu'elle avait trouvé le télégramme, glissé sous sa porte.

Le train n'allait pas tarder à démarrer, ce train de nuit où Léon l'avait installée avec tant de sollicitude. Le long des wagons de première classe, des jeunes gens remontaient les quais en courant, proposant aux voyageurs des oreillers, des couvertures, des gazettes, des pâtisseries, du café chaud ou du thé.

Adeline détourna la tête. Elle s'enferma dans son compartiment confortable, doucement éclairé par un quinquet.

La locomotive à vapeur lança un son strident, le convoi s'ébranla, laissant un nuage sombre derrière lui.

Sur le quai, des mouchoirs, des foulards s'agitèrent, des mains se tendirent une dernière fois.

Mais Adeline était déjà bien loin de cette activité fébrile qui préludait aux séparations. La jeune femme poussa un soupir déchirant et murmura : « Floriane ! »

Elle avait laissé derrière elle un homme amoureux et, lui semblait-il, une part importante de sa vie. Tout s'était passé si vite depuis qu'elle avait pris connaissance du télégramme. Arriverait-elle à temps pour serrer dans ses bras sa grand-mère et recevoir sa bénédiction ?

Floriane, qui se mourait…

Mais non ! Adeline ne pouvait pas y croire. Floriane était jeune encore, et notoirement solide.

Le bruit rythmé du convoi sur les rails accompagnait ses pensées. Elle avait l'impression que le train l'emportait non pas au pays pour y renouer avec ses racines et être confrontée au drame de la mort, mais pour une tout autre destination, un but plus mystérieux encore, dont elle ignorait tout.

Soudain, le train perdit de la vitesse, s'engouffra sous un tunnel et s'arrêta au beau milieu de celui-ci. Adeline écarta les rideaux, ne vit que l'obscurité. Elle frissonna. Sa vie ressemblait à cela : une impasse dans le noir !

L'aventure sentimentale qu'elle avait vécue jusqu'alors avec Léon n'était pas idéale, rien ne pouvait en sortir de positif. Brusquement, Adeline en avait la conviction. Certes, son ami l'aimait passionnément, mais, dans cette passion, le désir l'emportait sur la tendresse, et cet homme ferait toujours passer sa carrière de politicien avant sa vie privée. Et, malgré ses promesses, poussé par la nécessité et surtout par l'ambition, finirait-il sans doute par se résigner à poursuivre son chemin avec la femme qu'il avait épousée sans amour.

Que deviendrait-elle, alors ? Accepterait-elle une vie en marge, contraire à la morale que lui avait inculquée Floriane ? Léon voulait-il l'y contraindre en temporisant ?

« Grand-mère me conseillera. Je lui parlerai, je lui dirai tout, sans rien omettre ! » songea Adeline en un éclair. Mais Floriane était à l'agonie ; et, à cette heure, elle était peut-être morte et enterrée.

Le train repartit, la locomotive puis les wagons émergèrent du tunnel où des travaux avaient bloqué un moment le convoi.

Avec un soupir déchirant, la jeune femme s'adossa aux coussins confortables de la banquette. Des larmes piquaient ses yeux. Elle avait sommeil, mais ne dormirait certainement pas.

Elle repoussa tout à fait les rideaux, appuya son visage brûlant à la vitre. Un paysage inconnu défilait sous ses yeux, la banlieue était loin derrière et la campagne à présent dispersait des petites gares autour d'une maison de poupée entourée d'un lopin de terre où quelques légumes résistaient vaillamment à la vague de froid.

Des voix nasillardes ânonnaient le nom de ces minuscules bourgades perdues dans la brume et la nuit qui tombait. Quelquefois, aux passages à niveau, un garde-barrière agitait un drapeau rouge.

Puis la campagne s'effaça sous son manteau de ténèbres. Et contre toute attente, épuisée, l'élégante jeune femme s'endormit brusquement, la tête renversée sur les coussins, dans le flot de ses beaux cheveux dénoués.

Chapitre 3

On arrivait au plus rude du mois de novembre, quand le vent vous passait sur les joues comme une râpe et vous gelait même les yeux sous les paupières ; c'était un signe que, dans très peu de temps, il allait tourner à l'aigre puis à la férocité et s'appeler tout simplement et terriblement : la burle !

Sur le haut plateau et les vieilles montagnes, on ne pouvait rien contre lui sinon se mettre à l'abri, et « mieux vaut accepter de bon gré tout le mauvais comme le bon », disait Floriane.

Thomas aimait le vent, pourtant. Depuis qu'il est tout petit, le garçon l'écoutait lui susurrer sa musique à l'oreille et, en retour, il lui narrait des histoires de son invention.

Il pensait à Floriane et son cœur se serrait. Floriane, une grande dame même quand elle était habillée comme une pauvre paysanne. Elle savait lire, écrire, compter. Elle connaissait tout de l'histoire de leur région, elle pouvait vous parler des hommes d'autrefois qui vivaient dans les grottes et, plus tard, des bandits écumeurs de rivière qui s'y cachaient, et des lépreux qui y cherchaient refuge, eux aussi. Et encore plus tard et plus près de leur époque, des camisards qui se réunissaient dans la grotte dite du Temple ou du Colombier, quand les persécutions religieuses faisaient couler le sang des frères.

Oui, c'était quelqu'un qui savait tout, Floriane, sauf à propos du « Loup », et d'ailleurs elle n'aimait pas du tout que l'on en parle.

Lui, Goupil, il arrivait juste à signer son nom d'une croix, mais il savait compter, ça oui ! Monsieur le Curé, Floriane ensuite et même Adeline avaient bien essayé de lui apprendre son alphabet et quelques mots, mais lui, il ne tenait pas en place.

Il aurait pourtant aimé pouvoir écrire : « *Je t'aime !* »

« Je vous aime, Adeline ! »

Son cousin, Pierre Échamp le forgeron, savait lire et écrire.

Lui aussi rêvait de crier son amour à Adeline.

Mais « Adi », la petite-fille de Floriane, leur princesse, était devenue une demoiselle de la ville et filait le parfait amour avec un député, pas moins.

Ce samedi matin, à la première heure, le père Moutier, leur voisin le plus proche, avait demandé à Thomas s'il irait seul à Aubenas pour guetter la diligence ou s'il préférait profiter de sa carriole en partant un peu plus tôt.

Thomas avait accepté sa proposition. Il s'était dit que Marianne Moutier, qui avait seize ans, accompagnerait peut-être son père et qu'elle se laisserait toucher la poitrine sous la grossière couverture jetée sur eux pour les protéger du froid. Mais, mauvais calcul, Marianne était restée à la ferme.

Le trajet lui semblait interminable. Le père Moutier lui adressait parfois quelques mots, mais Goupil grognait entre ses dents une réponse indistincte. Il n'avait pas envie de parler. Même si cela faisait très mal, c'était plus fort que lui, il évoquait sans cesse Floriane. C'était une manière de l'empêcher de disparaître tout à fait.

Et puis il songeait à Adeline, qui ne savait pas encore qu'elle était devenue la patronne des châtaigneraies.

Elle ignorait que sa grand-mère était morte et déjà dans la tombe. Pourrait-elle se pardonner d'avoir déserté quand on avait tellement besoin d'elle ici ? Quand une mourante l'avait désespérément attendue, avant de fermer les yeux pour toujours ?

Pour Thomas, Adeline était hier l'égale d'une princesse. Pierre aussi le pensait, lui qui adorait Adeline. Goupil était persuadé que le forgeron ne l'avait pas oubliée. Pourtant, Pierre n'en parlait jamais et le jeune garçon se taisait, de peur de raviver des blessures anciennes.

Pierre Échamp était le cousin germain de Thomas et se serait volontiers occupé de lui si

Floriane n'avait pas accueilli le gamin dans sa maison. Orphelin lui aussi, Pierre avait repris la forge de son père. Il n'y avait presque plus de jeunes hommes dans la région, et si peu d'hommes mûrs ! La plupart étaient tombés en 1870 pendant la sale guerre contre les Prussiens. Et les jeunes filles s'en allaient vers les grandes villes pour s'y placer comme bonnes à tout faire, ou bien elles épousaient des gars de la vallée du Rhône, là où le climat est riant, où l'hiver ne se hérisse pas de congères, là où on n'est pas vieux dès trente ans.

Mais ceux qui restaient faisaient corps avec le pays, ils s'endurcissaient et voyaient leur grand âge.

Floriane, elle, aurait pu vivre encore de nombreuses années si elle n'avait pas attrapé le mal.

Tandis que la carriole allait bon train, tirée par le cheval robuste de Moutier, Thomas pensait également à son cousin, à la solitude du jeune homme. Pierre aussi avait terriblement souffert du départ d'Adeline. Mais, ni l'un ni l'autre n'avaient supposé devoir son retour à la mort de Floriane. Pourtant l'espoir, de temps à autre, envahissait leur âme et l'imprégnait d'un parfum de violette : c'est la première odeur dont nous fait cadeau le printemps ! Mais, comme Pierre, si pudique, Thomas feignait d'être résigné. Comme Pierre, il cachait sa peine et son espoir sous un masque impassible.

Seul dans les champs, dans les prés, ou encore sous le couvert des châtaigniers géants, quand

Thomas ne chuchotait pas ses secrets au vent, il adressait au ciel de ferventes prières, il expliquait à Dieu : « Moi aussi je suis amoureux d'Adeline. Vous savez, Seigneur, qu'on peut l'être à seize ans et demi et moi je l'étais à huit ! Mais je sais bien que je suis trop jeune, je ne suis qu'un gamin et, un jour, sans doute, c'est Marianne que j'épouserai. Mais, s'il vous plaît, faites qu'Adi revienne ! Même si c'est pour se marier avec Pierre, comme je serai content, pour moi et pour lui ! »

Pierre était un peu plus âgé qu'Adeline, il était grand et beau garçon, il avait du bien et un bon métier, il était instruit et savait même jouer du violon dans les fêtes ! Et malgré toutes ces qualités, il restait timide et doutait de lui. Le départ de leur « princesse » n'avait pas arrangé les choses ! Pierre avait dit une fois que le député qu'Adeline fréquentait ne repasserait pas aux élections prochaines, ou bien qu'il risquait de devenir mieux que député, peut-être ministre, et qui sait, président ! Un président peut-il épouser une fille d'ici, même quand elle possède l'allure d'une princesse ? D'abord pour l'épouser, il faudrait divorcer, ce monsieur étant déjà pourvu d'une épouse.

« Mon Dieu, priait souvent le garçon, je ne vaux pas Pierre, et de loin... Je suis fluet, j'ai une tignasse comme de l'étoupe, ce qui m'a valu le sobriquet de Goupil. Je n'ai pas bon cœur et j'entretiens des pensées impures, comme dirait Monsieur le Curé. Je ne sais pas lire et je signe avec une croix... Bon, Seigneur, Tu connais la suite… Mais, s'il Te plaît, écoute ma prière et ramène Adi chez nous pour toujours, parce que je sais bien qu'elle n'est pas faite pour vivre dans l'ombre d'un homme, si important soit-il. Je ne demande rien pour moi, pourvu que notre chère Floriane soit heureuse et Pierre aussi ! »

Mais Adeline ne rentrait pas, elle s'était éloignée de leur rude pays, du crottin des ruelles, de la burle méchante et de la neige épaisse, des congères hautes comme des maisons, du gel en avril et de la clameur des loups quand l'hiver se prolonge trop et qu'affamés les fauves s'approchent du village.

Envers et contre tout, Thomas espérait quand même. Il misait sur la tendresse qui existe entre une grand-mère et sa petite-fille.

Aujourd'hui, Floriane n'était plus parmi eux, et il n'existait aucune raison pour que leur princesse restât au pays. Thomas en avait conscience malgré son espoir qui avait la peau dure.

Après avoir connu Paris et une vie facile, tout autre que la leur, Adeline pourrait-elle accepter de passer le reste de ses jours ici, en Haute-Ardèche, à Combe-Verte de Maubec, femme d'un forgeron et patronne de quelques châtaigneraies, la seule dot qu'elle apporterait à son mari – mais pour « un d'ici », pourtant, c'est énorme.

Moutier tourna le dos à la route de Vesseaux, village renommé pour sa châtaigne « Bouche

Rouge ». La carriole aborda bientôt un grand virage, le dernier avant Aubenas. Goupil frissonnait, glacé en dedans comme les jours où la burle tord les arbres et rend bêtes et gens malades d'énervement. Il avait envie de pleurer ou de parler de Floriane à Moutier. Mais le voisin placide, s'il comprenait sa peine, n'était pas partisan de s'attarder dessus.

— « Ça ne sert à rien de ressasser toujours les mêmes regrets, dit-il en haussant les épaules. La vie continue ! »

Et quand on avait l'âge de Goupil, insistait le bonhomme, il fallait regarder en avant, si cruelle soit la perte.

Un dernier bout de chemin sur le parcours duquel des arbustes, poussant au flanc des talus escarpés, se penchaient comme pour les regarder, et voici que surgissait la grosse bourgade avec son château haut perché. Tout à coup, on avait l'impression qu'il faisait moins froid. Aubenas, c'était déjà un peu le Sud. La ville, bien assise au croisement de plusieurs régions, Auvergne, Provence, Languedoc, connaissait l'affluence, les jours de foire et de marché. Goupil leva la tête vers les vieilles bâtisses, les édifices remarquables, les murs dissimulant encore les placettes, les boutiques et les gens.

Moutier tira sur les rênes. Le garçon ouvrait des grands yeux. Quelle cohue ! Les rues étroites et pavées, les places étaient noires de monde. Un carillon résonnait quelque part, donnant l'heure précise. Oh ! il aimait autant le marché d'Aubenas que la foire de Brugères qui dure deux jours et attire un flot de chalands dans la vallée. Deux jours, c'était peu, et pourtant une durée suffisante pour tourner la tête au garçon, habitué aux grands espaces et à la solitude du haut-pays.

Il repéra des vaches, des brebis et des chèvres à vendre. Les feutres des hommes semblaient se promener tout seuls sur une houle de têtes. Les camelots avaient ouvert leurs grands parapluies, manche en l'air, et les faisaient tourner pour exposer leurs marchandises au regard du chaland.

La main de Goupil plongea dans une de ses poches, y toucha les piécettes qu'il avait emportées. Le garçon se demanda s'il s'achèterait un nouveau couteau.

Il suivait Moutier comme son ombre, et le bonhomme s'en agaçait un peu. Sur l'impériale de la voiture appartenant à l'arracheur de dents, un patient stoïque attendait le supplice. Thomas tâta sa mâchoire pourvue de dents pointues, blanches et carnassières, et se félicita de leur bonne tenue. Il n'était pas douillet, mais quand même…

Un porc à la pesée répandait des cris déchirants. Ce n'était pourtant rien du tout ce qu'on lui infligeait, et il ne savait pas, le pauvre, ce qui l'attendait lorsqu'il serait gros, gras et bien rose.

— Thomas, écoute-moi ! expliqua le père Moutier. Pendant que tu guetteras la diligence, j'irai passer un petit moment au cabaret pour y retrouver des connaissances devant un verre de piquette.

Goupil se montra contrarié par cette décision.

— Je vais donc rester seul ?

— Et alors ! Si tu étais venu à midi comme prévu et sans moi, tu te serais bien débrouillé quand même ? Tu vois où est la carriole et tu sais où me trouver, tu ne vas pas te perdre, à ton âge !

Le garçon ne répondit pas. Il n'en pensait pas moins. Si Adeline descendait de la diligence à l'heure précise où celle-ci était attendue, on repartirait tout de suite, n'en déplaise à Moutier. On ne fait pas attendre une princesse ! Même quand elle vous a déçu.

Chapitre 4

Adeline bâilla. Elle était fatiguée. Pourtant, elle avait dormi un peu, dans le train. Elle avait même rêvé. Et ce rêve, tenace, ne la quittait pas tant il avait l'apparence de la réalité.

C'était dans les bois, bien au-delà de leur propriété, près de la futaie profonde où vivait la Fanette. Du gui en grosses pelotes s'accrochait aux branches des très vieux chênes. C'était l'été ou le printemps, on apercevait des pervenches qui rebrodaient de bleu un épais tapis formé d'une trame verte de menthe et de verveine. De petits œillets sauvages piquaient çà et là une note de couleur gaie.

Dans les rêves, tout est différent, le temps n'existe pas, et Adeline se retrouvait gamine, tenant la main de Floriane. Elles étaient arrivées près d'une source et s'étaient agenouillées, côte à côte.

À travers un brouillard doré comme celui qui baigne les bois les matins d'été, leurs visages se dessinaient. Mais bientôt celui de sa grand-mère s'effaça et le sien s'y superposa, se transforma, devint celui d'une femme, de la femme qu'Adeline était aujourd'hui.

Elle poussa un cri, appela Floriane, mais la source ne réfléchissait plus rien, des brindilles s'éparpillaient sur l'onde et des glands y voguaient. À ses côtés, c'était le vide. Floriane avait disparu. Elle était seule et terrifiée.

Adeline devinait qu'elle ne reverrait pas Floriane en ce monde, et le remords le disputait à la douleur, dans son cœur. Pourquoi avait-elle tant tardé à venir embrasser sa grand-mère qui l'en suppliait dans chaque lettre ?

La diligence cahotait sur la route empierrée. Quelqu'un l'attendrait-il ? Pierre ou bien un des voisins de Floriane ? Quel voyage, Seigneur ! Elle récapitula : d'abord le fiacre qui l'avait conduite jusqu'à la gare en compagnie de Léon. Puis toute une longue nuit passée dans un compartiment et, au matin, il avait fallu attraper une correspondance qui desservait la vallée du Rhône. Elle avait déjeuné en hâte d'un pain au jambon. Dans l'après-midi, enfin, une halte, et en avant pour l'Hôtel des Touristes, situé heureusement à deux pas ! Elle avait pu s'y restaurer et surtout s'y reposer, dans un lit convenable, sans puces ni punaises.

Mais une femme qui voyage seule suscite de la curiosité. Adeline détestait les regards posés sur elle, ceux des hommes en particulier l'effrayaient. Elle se sentait si vulnérable tout à coup, si différente de la jeune fille hardie qui était partie quelques années plus tôt à l'assaut de la capitale et d'une autre existence.

Elle avait détesté, aussi, cette chambre d'un soir, pourtant correcte, et trouvé pitoyable le broc d'eau chaude dans lequel elle avait trempé les mains. Le lendemain, de bonne heure, elle montait dans la diligence – la patache, comme on l'appelait dans la vallée. Il faisait froid, mais l'air vif sur cette route qui grimpait était chargé de senteurs terriennes qui lui redonnèrent un peu de courage et de joie, en dépit des circonstances.

Le voyage était long et Adeline eut tout le loisir de penser à son travail au ministère, travail obscur, dans l'ombre d'un bureau. Il lui garantirait, certes, une vie sans trop de soucis, mais elle ne s'y épanouirait jamais.

Ce qui l'avait retenue d'avouer son échec, c'était Léon, cet homme qu'elle venait de quitter sans chagrin excessif. Mais Léon souffrait, lui, c'était certain, et elle en éprouvait une curieuse satisfaction, se sentant peut-être dédommagée du fait qu'il n'ait pas encore pris la décision de quitter son épouse.

Dès qu'Adeline s'était préoccupée de son départ, Léon avait pris peur. En l'accompagnant à la gare, il la couvait de son regard triste, et ses grosses mains, qui n'allaient pas du tout avec ses costumes bien coupés, la tenaient à la taille.

— « J'ai peur, ma mie, je redoute de ne plus vous revoir ! Il me semble que votre pays va vous reprendre et vous arracher à moi ! »

Elle avait ri, avec toute l'insolence que lui donnaient sa beauté, sa jeunesse – représentant ses seuls avantages sur Léon.

Léon, cet homme arrivé, bien plus âgé, riche, audacieux en affaires et aventureux en politique, mais couard en amour puisqu'il n'avait pas osé rompre un mariage de raison, pour elle, Adeline, qu'il disait pourtant aimer à la folie.

Mais Pierre aussi l'aimait à la folie, Pierre qui l'appelait naguère « ma princesse ».

Thomas avait tressailli. Dominant le bruit des voix chatoyantes d'accents méridionaux qui se mêlaient à celles, plus âpres, des gens d'en haut, il avait perçu un piétinement de sabots, les jurons d'un cocher, toute une rumeur de voyage. La diligence arrivait. Le flot des voyageurs s'en déversa bientôt. Adeline descendit la dernière, mais elle était là, mon Dieu, elle était enfin arrivée !

Elle ne portait à la main qu'un tout petit bagage, comme quelqu'un qui ne veut pas s'attarder.

— Thomas ! C'est donc toi ! Je t'ai à peine reconnu quand tu m'as appelée, et si ce n'avait été tes cheveux roux… Ce que tu as grandi !

— C'est que j'ai dix-sept ans, à présent, demoiselle ! dit-il en se vieillissant allègrement de quelques mois.

Il se drapait dans sa dignité et un ressentiment que l'arrivante ne pouvait pas comprendre, même pas deviner. Pourtant, il avait été heureux quand elle avait employé son prénom, au lieu d'utiliser le sobriquet dont les gens l'affublaient.

Mais, raide comme un bout de bois, il dit :

— Oh ! appelez-moi Goupil, tout le monde le fait, j'ai l'habitude !

— Comme tu veux, mais on se tutoie, comme avant !

Elle avait rudement changé, celle qu'on appelait la femme cachée du député. Sous la pelisse doublée de fourrure qu'elle avait simplement posée sur ses épaules, elle portait un ensemble de soie, une jupe longue et étroite qui serrait ses chevilles sur des bottines à haut talon. Ses cheveux bruns brillaient de reflets qu'ils ne montraient pas avant, son visage était enduit de poudre de riz dont l'odeur chatouillait les narines de Goupil, prêt à éternuer.

Le garçon s'empressa d'aller chercher le père Moutier qui, lui aussi, resta tout éberlué devant cette dame des villes si belle et si élégante.

Puis, il fallut bien lui parler de Floriane et lui annoncer que tout était fini. Adeline ne parut pas étonnée. Elle pleurait, silencieusement, mais ces larmes ne changeaient rien pour Goupil, ni les excuses que la jeune femme fournissait, racontant qu'elle n'avait pas pu venir plus tôt.

Le père Moutier empoigna sa mallette qu'il casa entre les sacs de pommes de terre et les cageots. La carriole s'ébranla cahin-caha. Curieuses retrouvailles ! Les essieux gémissaient, ils avaient grand besoin d'être huilés. Quand l'attelage dépassa les dernières maisons d'Aubenas, Adeline demanda enfin :

— Pour l'enterrement de ma grand-mère… Qui s'en est occupé ?

Moutier secoua sa tignasse grise qui ressemblait à un balai de genêts secs.

— Un peu nous tous à Combe-Verte, et d'abord ma femme et moi, et puis ce garçon et son cousin Pierre.

Adeline parut embarrassée en entendant le nom de son ancien promis. Goupil avait mal pour Pierre, mais c'était lui qui se sentait trahi et, aujourd'hui, il se persuadait qu'il détestait Adeline.

Le garçon ne voulait pas se rappeler combien elle était gentille autrefois quand elle essayait de lui apprendre ses lettres, au moment où Floriane avait renoncé. Elle était patiente et ne s'énervait jamais, lui désignant les images et les petites phases qui y correspondaient, sur le livre de classe qui lui avait servi, enfant. Ces images avaient peut-être donné envie à Adeline de partir ailleurs, vers ce Paris où elle avait passé de trop longues années.

Elle écrivait de temps en temps, même à Pierre, et quand Floriane était heureuse d'avoir du courrier, Goupil remarquait avec une moue boudeuse, tout en regrettant amèrement de ne pas savoir lire :

— « Une lettre, ça ne remplace pas une présence pour ceux qui vous aiment ! »

Chapitre 5

Le col de l'Escrinet se trouvait déjà loin derrière eux. Ils avaient abandonné la route pour entrer dans un chemin de terre qui traversait les châtaigneraies. Sur les piquets des clôtures, des corbeaux tenaient une assemblée. La montée était rude. De l'autre côté, vers le hameau, sur les pentes resserrées qui lui avait valu de s'appeler également « Combe-Verte », on pouvait voir une multitude de grosses pierres que Floriane appelait les maisons des fées, car elles lui rappelaient les dolmens de la région de Saint-Alban, plus bas dans le Sud.

Elle avait expliqué à Goupil que ces dolmens formés de quatre pierres étaient des tombeaux. On avait trouvé des ossements, d'ailleurs, et des débris de poteries. Leurs grands cailloux, en revanche, n'en étaient qu'une sorte d'imitation, mais Floriane, quand elle en avait le loisir, aimait se promener là-bas, se souvenant de Saint-Alban d'où était sa famille, et le nom leur était resté.

Plus loin encore s'amassaient les ruines d'un ancien château, qui avait vu, disait-on, le siège des protestants contre les catholiques – ou bien le contraire, on ne savait plus. Floriane n'en était pas si certaine, car les ensembles ruiniformes, ici, poussaient comme des champignons.

Le hameau se situait au pied du grand plateau, il se trouvait déjà du côté du pays du vent, du vent qui hurle, du pays des loups et des neiges, qui ne fondent pas avant le printemps.

Les rafales froissaient la crinière du grand cheval placide. Le ciel était bas, à vous toucher, à vous tomber sur la tête, comme le redoutaient les ancêtres gaulois, mais ici, allez comprendre, les aïeux descendaient des Celtes. Est-ce que c'était la même chose, se demandait Goupil ? Les aïeux... Le garçon ne se souvenait même pas de sa mère, qui était partie la première. Puis ce fut son père, des années après, il était employé aux scieries hydrauliques et l'enfant le voyait peu. Et puis c'était la guerre, à ce qu'on disait, et dans la capitale de la France les gens assiégés mouraient de faim. À cette époque, il vivait chez une cousine à lui et à Pierre, qui décéda presque en même temps que le père. Tous ces deuils... C'en était trop ! Le gamin s'était dit qu'il allait fuir dans la Montagne et se débrouiller seul, comme une petite bête libre. Vivre ou mourir, ça n'avait plus tellement d'importance, parce que la vieille cousine, il l'aimait bien, et il aimait aussi son père dont il guettait les retours, avec ses récits d'aventure et sa tendresse bourrue.

Mais Pierre avait demandé qu'on lui envoie le garçon, Pierre qui savait bien que Floriane lui donnerait asile. S'il n'y avait pas eu la grand-mère d'Adeline, lui, Thomas, serait devenu un enfant sauvage, il aurait vécu avec les loups, il serait devenu peut-être le meneur de loups. Mais non, il n'avait rien d'un loup, il n'était pas fait pour les meutes, il était un solitaire, un renard, animal qui vit pourtant en couple et est fidèle à sa compagne.

Aurait-il une compagne un jour, serait-ce sa petite amie Marianne ? Il n'en était pas certain.

— Le temps est à la neige, ronchonna le père Moutier qui n'avait pas encore prononcé un mot.

Le chemin se rétrécit davantage. Adeline regardait les haies dépouillées. Elle chuchota, comme pour elle seule :

— Ici, je me souviens, je ramassais des prunelles avec Pierre. Tu étais trop petit pour nous suivre, Goupil. On en a fait, des balades ! On descendait même jusqu'aux maisons des fées et aux ruines du château.

Goupil fut surpris. La voix d'Adeline était teintée de nostalgie. La jeune femme parut gênée de s'être abandonnée à l'émotion, elle reprit un ton poli pour demander des nouvelles du coin. Moutier se montra alors plus loquace. Il parla des vaches qui avaient eu le gros ventre après avoir trop mangé de luzerne, et qu'il avait fallu percer. Par chance, le rebouteux n'était pas loin.

Il parla aussi de ce bandit de grand chemin qui sévissait dans la région. Un bandit que les pauvres gens ne redoutaient guère ; au contraire, ils applaudissaient ses exploits.

Le « Loup » s'attaquait uniquement aux voyageurs cossus, aux riches, tiens, dans le genre du député de leur princesse. Monsieur le Curé disait qu'il s'agissait sûrement de quelqu'un de la région, parce qu'il connaissait toutes les cachettes, et la maréchaussée n'avait jamais pu lui mettre la main au collet.

La plupart du temps, l'argent volé était déposé à la porte des pauvres gens. Certains étaient bien embarrassés par le présent inattendu et portaient les pièces au curé. D'autres n'hésitaient pas à les garder...

Quant au papier-monnaie, on n'en recevait pas : le brigand bien-aimé le brûlait devant ses victimes atterrées.

Adeline écoutait, sidérée.

— Il y a eu Cartouche, il y a eu Mandrin. Ici, nous avons le « Loup », dit Moutier, assez fier de lui.

Enfin, l'horizon se dégagea. Ils retrouvèrent la route, et bientôt la pancarte signalant le hameau de Maubec au lieu-dit Combe-Verte se hissa par-dessus les brassées d'herbes jaunies.

Le premier, Thomas, sauta de la carriole et courut dans la ruelle poussiéreuse. De très vieux pommiers la bordaient. À droite se trouvaient la ferme des Moutier, la maison de Pierre Échamp et la forge ; à gauche, la demeure en pierres grises, héritage d'Adeline.

Le père Moutier fit halte devant la maison de Floriane, il descendit à son tour, s'empara du bagage de la voyageuse et le déposa devant la porte.

— Vous voilà arrivée, demoiselle ! Si vous avez besoin de quelque chose, n'hésitez pas à demander.

Adeline remercia et se tourna vers Goupil. À présent, ils étaient seuls. Elle et lui. Ils se regardèrent. Le garçon se sentit tout drôle, fort et faible en même temps, avec une terrible envie de pleurer.

Il bredouilla :

— Qu'est-ce que je vais devenir, maintenant ?

— Mais, Goupil, tu restes ici, bien entendu ! Tu es chez toi dans cette maison. Ma grand-mère te considérait comme faisant partie de la famille.

— Votre grand-mère n'est plus. Désormais, c'est vous la patronne !

— Et qu'est-ce que cela change ? Reste ! C'est moi qui t'en prie ! Et d'ailleurs, où voudrais-tu aller ?

— Oh ! je pourrais aller vivre avec Pierre, il ne refuserait pas. Mais la forge ne m'a jamais attiré, je préfère travailler au grand air.

— Tu vois bien !

— Mais je ne suis pas qualifié pour rester chez vous et superviser le travail dans les châtaigneraies, en tant que maître des lieux.

— Que racontes-tu ? Jusqu'à présent tu as toujours secondé ma grand-mère. Elle se reposait de plus en plus sur toi, elle me l'expliquait dans ses dernières lettres.

— C'est vrai. Je sais faire beaucoup de choses et même compter, mais je ne sais toujours pas lire ni écrire. Et quand il faudra embaucher des journaliers au temps des châtaignes, ils se moqueront de moi.

— Eh bien, tu apprendras enfin ! Tu es encore jeune et tu y arriveras. Je t'aiderai.

— Vous n'aurez pas le temps de m'aider. Vous allez repartir !

Adeline ne répondit pas. L'un derrière l'autre, ils pénétrèrent dans la maison. Thomas repoussa les lourds volets et la jeune femme redécouvrit la grande pièce à la clarté incertaine qui pénétrait par les petits carreaux des vitres voilées de dentelle du Puy.

Dans la cheminée, une bûche achevait de se consumer. Thomas avait l'impression que Floriane allait apparaître et leur servir un goûter avec pain de seigle, fromage de chèvre et crème de marrons.

Adeline regardait autour d'elle.

— Oh ! Goupil ! On dirait que grand-mère est là, dans la maison, qu'elle va se montrer et nous serrer dans ses bras.

L'adolescent ne fit aucun commentaire, pourtant c'était exactement ce qu'il ressentait.

Adeline monta à l'étage, pour se reposer dans son ancienne chambre. Thomas resta seul près du feu. Il écoutait le vent qui ronflait dans la cheminée. Ses pensées, comme d'habitude, le transportaient vers l'enfance au cœur d'un été merveilleux et l'année inoubliable de ses onze ans, qui fut pour lui la plus dure et la plus douce en même temps, oiseau qui n'a plus de nid, oiseau qui en retrouve un.

Il se souvenait d'une maisonnette aux volets bleu passé, quand il grimpait vers le haut-pays. C'était juste entre la vallée si ensoleillée et fertile et le royaume des châtaigneraies.

Chapitre 6

Dans sa forge, Pierre avait mis en route lui aussi dans sa tête la machine à images, fertile en souvenirs… Adi, leur princesse… Elle avait revêtu sa plus jolie robe, une bleue, semée de marguerites. Le printemps était mûr à point, le soleil chauffait, une branche de merisier fleurissait près de leurs visages et, sous une grappe de sorbier, un oiseau se balançait en sifflant.

Elle avait le visage d'un ange, entre ses boucles folles, mais son regard n'était pas doux, son regard le jaugeait, lui, Pierre, et reprochait toujours quelque chose. Il se plaignait à Floriane. « Pourquoi Adi est-elle si fuyante, si évasive, si secrète ? » Floriane lui recommandait la patience : Adi était bien jeune encore !

Pierre se résignait tout en se promettant de lui reparler d'avenir au temps des bruyères, mais les bruyères avaient défleuri et le temps qui galope était toujours immobile pour le grand gars et ses amours. Il forgeait des anneaux qui auraient pu devenir des alliances, si un magicien en avait transmué leur alliage en or, si un miracle avait épanoui le cœur d'Adi, qui promettait sans précision, offrait sans rien donner, faisait volte-face et vous entraînait dans des pirouettes cruelles, à donner le tournis.

Elle le suivait pourtant vers ces étranges pierres baptisées par Floriane « les maisons des fées », elle lui laissait prendre sa main. Elle aimait bien ce qu'il lui chuchotait, mais tous ces mots, c'est bon pour les poètes, pas pour une vie de tous les jours en Haut-Vivarais. Et l'automne se pétrifiait, l'hiver gagnait du terrain, le printemps revenait, la princesse faisait ses bagages et partait. Et lui, il se rongeait, il maigrissait, et chaque semaine il repoussait d'un cran sa ceinture trop large, il fixait le feu de la forge comme si c'était celui de l'enfer. Dehors, l'air brasillait, juillet explosait, les fleurs et les bêtes étaient en amour, les promis tenaient leurs promesses et se mariaient, les enfants naissaient, et il devenait fou, oui, fou très simplement, sans que ça se voie tellement.

Goupil décida brusquement d'aller voir Pierre pour l'avertir de l'arrivée d'Adeline. Il le trouva dans la cuisine, toujours chaude à cause de l'âtre de la forge qui chauffait toute la maison. Ses chats l'entouraient en miaulant. Un beau concert de violes mal accordées ! Pierre aimait les chats. Lui, Goupil, préférait les chiens. Celui de Floriane était mort l'an dernier. Ils eurent tant de peine qu'ils ne voulurent pas le remplacer.

Son cousin avait de l'ouvrage en attente, des chevaux de la Montagne à chausser de neuf. Pourtant, dès qu'il sut, pour Adeline, Pierre se précipita vers la porte à double battant qu'il laissait généralement ouverte, dans la forge.

— Viens, Goupil, je veux saluer Adi tout de suite.

Ils sortirent juste à temps pour apercevoir la jeune femme qui remontait la rue. Sans se concerter, ils la suivirent. Elle prit la direction du cimetière, situé à égale distance du hameau de Maubec et du bourg.

Un petit jardin sauvage le séparait à peine de l'église.

Adeline n'avait toujours pas remarqué leur présence, et il ne leur vint pas à l'esprit d'appeler la jeune femme.

Ils marchaient d'un bon pas, se rapprochant peu à peu d'Adeline, quand Goupil reçut un flocon sur le nez. À peine eut-il le temps de chuchoter : « Il neige ! », que d'un coup tout fut gommé, la terre et le ciel confondus. On discernait à peine les murs du cimetière où Floriane dormait sous sa couverture de terre, doublée bientôt par un édredon blanc.

Thomas songeait que, dans les premiers jours d'octobre, vive et alerte, elle était encore allée avec lui dans les châtaigneraies. Il ne comprenait pas très bien comment on peut tomber malade si brusquement !

Il la revit, touchant du bout de son bâton les premières bogues rousses qui s'entrouvraient et montraient trois ou quatre châtaignes luisantes, encore petites.

La « Guarenche », une variété de chez eux, est belle et grosse, elle sèche bien, elle se rôtit encore mieux. Mais d'abord, un sac noué autour des reins, on ramasse sous les arbres, le long des pentes, ce qu'on appelle la première « grune ». Quand le vent fait tomber les feuilles, c'est le grand moment.

Il y avait eu les chants des ramasseurs engagés par Floriane, les casse-croûte au bord des châtaigneraies, sur l'herbe courte où la rosée séchait, les charrettes où les sacs s'alignaient.

Puis Goupil allait contrôler les pesées, il surveillait les ventes faites aux patrons d'auberges. Oui, par chance, il savait bien compter, mais s'il avait su lire, cela aurait été bien mieux, il l'admettait. On ne peut pas voler quelqu'un qui sait lire.

Adeline était tombée à genoux devant la tombe de sa grand-mère, qui dessinait encore un monticule de terre juste poudré de blanc. Goupil se demanda si Floriane était arrivée près du Bon Dieu. Quand il était petit, il imaginait le ciel comme une contrée invisible au-dessus de la terre, où l'on circulait avec un corps tout léger et transparent, gracieux comme celui des papillons, avec une paire d'ailes brillantes.

Pierre se pencha et posa doucement sa grande main sur l'épaule de leur princesse.

— Adeline !

Elle tressaillit, se redressa d'un bond. Le capuchon de sa pelisse était rabattu, on voyait tout juste le bout de son nez rougi. Goupil admirait Pierre de se montrer si prévenant et compatissant après toutes ces années d'absence, d'oubli presque, en dépit des lettres trop polies pour être honnêtes. Ils se regardaient, ils avaient oublié Goupil. Pierre avait sur la bouche un drôle de sourire, un sourire à pleurer. Adeline soupira :

— Pierre, je te le jure, je n'ai pas pu venir avant ! Je le regrette tellement !

— Ne te tourmente pas. Nous, on était là, on a fait tout ce qu'on a pu.

— Merci ! oh merci, Pierre !

Goupil eut l'impression que Pierre n'éprouvait plus autant d'amour que naguère pour leur princesse. Marianne lui avait expliqué que l'on ressent de la haine quand on a aimé très fort et que l'on a été trahi, et puis, on devient gentil et amical dès que c'est fini. Ces histoires de cœur le dépassaient. Lui, il aimait ou il n'aimait pas. Quoique…

La neige tombait avec violence, et le fait d'observer la folle sarabande des flocons provoquait une diversion à ses pensées toutes embrouillées.

Pierre avait pris Adeline par le bras. Ils coururent s'abriter sous le porche de l'église. Ils se regardaient encore, Goupil se sentait de trop, pire, il était devenu invisible.

— Tu te rappelles, Adi ? Oh ! J'avais l'âge de Goupil, un peu moins, peut-être… Je te racontais que les flocons étaient les messagers de la reine des neiges.

— Oui, je me rappelle. Tu disais des choses si poétiques, si jolies, comme dans les livres.

Ça alors ! Goupil n'aurait jamais supposé que son cousin tout en muscles – et quels muscles ! – fût aussi un poète en plus d'un joueur de viole. Et si ça se trouvait, lui aussi, à l'âge de Goupil, il parlait au vent.

Les rafales étaient devenues de plus en plus violentes. Inutile de s'attarder ici ! fit remarquer Pierre. Il entraîna Adeline vers le hameau. Devant la forge, les fermiers de la Montagne attendaient déjà avec leurs chevaux et s'inquiétaient. S'ils s'attardaient, pourraient-ils repartir, la neige risquait de tomber longtemps et de s'accumuler. Mais ces hommes avaient accompli tant de chemin pour venir jusqu'ici qu'ils ne renonceraient pas à faire procéder au ferrage de leurs bêtes.

— Si tu pouvais m'aider, Goupil, cela me rendrait bien service ! demanda Pierre.

Goupil accepta, bien sûr, et tandis qu'Adeline retournait à la maison, le garçon suivit son cousin dans la forge pour lui donner un coup de main, lui passer les clous, les fers, les tenailles, et bien sûr activer le feu.

Les rafales se succédaient. On n'y voyait plus à deux mètres. Finalement, les gens de la Montagne décidèrent d'attendre le lendemain pour repartir. Et sans leurs chevaux, qu'ils reviendraient chercher au dégel.

Chapitre 7

Au matin, quand Goupil eut ouvert – difficilement – la porte de la maison, il comprit que l'hiver, en avance, s'installait pour un bon moment. Pourtant, le ciel s'était dégagé, la neige brillait, le soleil suscitait des cristaux de couleur dans la masse étincelante.

Le garçon tailla un couloir étroit dans la neige pour qu'Adeline puisse aller sans peine jusqu'à la rue. Puis, pendant qu'elle reprenait possession de la maison, il réchauffa la soupe de la veille qu'ils avalèrent ensemble, à la grande table, face à l'âtre.

— Je vais voir Pierre, s'il a encore besoin de moi, dit Goupil après avoir mangé un morceau de pain et de fromage.

— Attends-moi, Goupil. Je veux lui dire bonjour. Hier, nous n'avons pas beaucoup parlé.

Goupil cachait à peine son irritation. Adeline feignit de ne rien remarquer. Elle chaussa les gros sabots de Floriane et s'enveloppa de sa pelisse. Le garçon marcha devant, dans la tranchée qu'il avait ouverte en suant. À l'abri de l'écurie attenante à la forge, les chevaux déjeunaient d'une botte de foin que Pierre avait jetée devant eux. Il avait l'habitude, Pierre. Il lui arrivait souvent de prendre des chevaux en pension.

La forge était allumée. L'odeur âcre, les émanations de la fumée bleue firent tousser Adeline. Pierre était courbé sur l'enclume, un marteau à la main. Il tapait sans forcer sur une longue tige incandescente. À côté, se trouvait le baquet empli d'eau froide où il tremperait le fer rougi pour le durcir.

À cause du fracas qu'il provoquait, Pierre ne les avait pas entendus approcher. Sur un fond de gerbes rouges, ce grand gaillard ceint d'un tablier de cuir, la sueur au front comme un jour d'été, les muscles gonflés, c'était une image grandiose, à mettre sur le livre des métiers, et même Adeline qui avait perdu l'habitude de ce spectacle en fut impressionnée.

— Pierre ! appela Goupil, et son cousin leva la tête.

La sueur coulait en rigoles sur son visage aux traits réguliers. Ses yeux, d'un bleu si foncé qu'ils en paraissaient bruns, l'effleurèrent juste pour se poser tout de suite sur Adeline. Encore une fois, Goupil se sentit oublié, gommé, effacé. Il enrageait.

Sans s'arrêter de marteler son fer coincé dans une tenaille, Pierre leur demanda d'approcher. Des bouquets d'étincelles fusaient devant eux.

Adeline obéit sans empressement, elle fronça le nez, se boucha les oreilles.

Aussitôt, Pierre arrêta de taper.

— Tu as bien dormi, Adeline ?

— Très bien. Tu as vu cette neige ! La saison commence bien tôt cette année !

Ils parlèrent un peu de tout, mais pas de Floriane. Ils parlèrent même de ce bandit de grand chemin qui défiait la maréchaussée. Adeline souhaitait connaître des détails, ce que lui avait dit Moutier l'avait fascinée.

Pierre se courba de nouveau sur son fer qui prit la forme d'un essieu de carriole.

— Moi, je ne sais pas grand-chose. Je n'ai jamais eu affaire à lui.

Elle l'interrogea encore. Le récit du père Moutier avait trotté dans sa tête et sa curiosité féminine était piquée. Mais Pierre répondait à peine, il émettait surtout de petits grognements laconiques. Il était contrarié, sans doute, en constatant que cette fille qu'il aimait encore, et aimerait sans doute toute sa vie, s'intéressait à un chenapan promis au bagne, si ce n'est pire, et pourtant auréolé d'une gloire populaire.

Finalement, Adeline déclara qu'elle allait rentrer.

— Viens donc souper avec nous ce soir, Pierre ! dit-elle.

Goupil en fut certain : une lueur de joie avait brillé dans les yeux de son cousin. Dans le cœur de Pierre, ça devait flamber aussi fort que dans l'énorme foyer de la forge. Il ne savait plus que penser, Goupil ! Il avait presque envie qu'elle reparte, leur princesse, et en même temps il souhaitait qu'elle reste chez eux toute l'éternité, même s'il devait la passer, cette éternité, à contempler Adi dans les bras de Pierre ou d'un autre. À tout prendre, il préférerait son cousin.

Il ne pouvait pas être jaloux de Pierre.

Pierre arriva une heure après la tombée de la nuit. Il s'était lavé, il avait démêlé sa tignasse et enfilé une blouse propre, tout ça en l'honneur d'Adeline. Goupil tira les volets. Dehors, la nuit était épaisse, un silence total écrasait le hameau et les alentours. Une provision de bois attendait près de la cheminée ; avec la neige, c'était plus prudent. La suspension forgée par Pierre et pourvue de grosses bougies, dont s'enorgueillissait Floriane, éclairait la longue table. Une énorme potée mijotait dans le chaudron. Adi s'était mise à la cuisine avec beaucoup de bonne volonté, Goupil l'admettait. Si le fricot était aussi appétissant que l'odeur promettait, la princesse remonterait un peu dans son estime.

Floriane aurait bien apprécié cet instant, songea Goupil, et il sentit ses yeux se mouiller. Aussi, il détourna la tête, il fit semblant de tousser, comme si la fumée d'une bûche mouillée l'indisposait. Floriane… La veille de sa mort, il avait entendu le chat-huant, par ici c'est un présage de mort. Il le dit brusquement à Adi. La phrase tomba sur la table entre eux trois comme un caillou. L'ambiance de fête se dissipa net, Adi pâlit, les flammes parurent se convulser d'une manière effrayante, les ombres, inquiétantes, bougèrent sur le mur.

— Paix à son âme, dit Pierre, et il attaqua la potée.

Goupil se souvenait... C'était à l'époque du départ d'Adeline. Il se trouvait avec Marianne, lui, dans la campagne, bien plus haut que la maison de la femme aux herbes. Ils jouaient à se donner des baisers, c'était Marianne qui avait inventé ce jeu qui n'intéressait pas encore vraiment Goupil. Le haut plateau hissait ses marches, noires sur le ciel blanc. Derrière des pans de rochers, on distinguait les bois de châtaigniers. Marianne se serrait contre lui, elle était toute tiède et ses nattes dorées brillaient. Lui, il pensait à Adi qui s'en allait. À Floriane, qui cachait sa peine. À Pierre, qui pleurait sans retenue. Ah ! Lui, il ne pleurerait pas, se jurait le garçon, il n'allait pas la regretter longtemps, cette fausse princesse, elle les décevait trop !

Il avait entraîné Marianne. De temps en temps, ils s'arrêtaient pour reprendre leur souffle. Tout à coup, Marianne l'avait poussé au milieu des genêts. Elle lui avait ordonné : « Prends-moi par l'épaule et donne-moi encore un baiser ! » Ses yeux brillaient, ses jambes étaient découvertes, Goupil lorgnait dessus, mais ça n'allait pas plus loin et, pour tout dire, il aurait préféré jouer avec Marianne, comme ils le faisaient il n'y avait pas si longtemps, oui, jouer, par exemple, à être des canards qui nichent dans les roseaux. Mais, s'il lui avait avoué ces choses, Marianne aurait éclaté de rire, se serait moquée. Il lui avait fait la bise sur la joue, alors qu'elle tendait ses lèvres comme une grande, et c'est à ce moment qu'ils avaient entendu des éclats de voix.

Pierre et Adeline venaient de se planter juste devant leur buisson de genêt. Plus moyen de bouger ! Il ne restait plus qu'à écouter.

— Adi, tu as bien réfléchi ? Tu ne pourrais donc pas partir sans que nous cassions nos fiançailles ?

— Pierre, ce n'est pas possible, cela impliquerait une idée de retour et je veux en finir avec ce pays de sauvages !

— Mais je t'aime !

— Essaie de m'oublier, ça vaudra mieux pour toi.

Oh là ! Voilà que Pierre toujours si calme empoignait Adi et cherchait à l'embrasser ; et elle se débattait, fallait voir !

— Idiot ! avait crié Adi, tu gâches tout !

Pierre avait haussé les épaules et il était parti, les mains dans ses poches, comme s'il s'en moquait. Adeline s'en était allée de son côté. Marianne alors avait éclaté d'un fou rire nerveux : quelle histoire !

Lui, Goupil, il était furieux que Marianne ne prenne pas cette scène de rupture au tragique ! Cette fille ne comprenait rien à rien.

— À quoi penses-tu, Goupil ? Tu es bien silencieux !

— Oh, à pas grand-chose, demoiselle…

— Mange, alors !

— Oui, oui, je mange.

C'était presque aussi bon que la cuisine de Floriane. Décidément, il ne pouvait rien lui reprocher, ce soir. Elle n'était pas gaie, bien sûr, depuis qu'il avait parlé du chat-huant, mais les remords l'étouffaient, c'était visible, et il la plaignait un peu, d'autant plus qu'elle l'aimait, sa grand-mère.

La table desservie, Adeline s'installa près du feu dans le fauteuil à bascule de Floriane. Pierre se casa comme il put sur une chaise basse, celle que Goupil utilisait toujours quand il était petit, et le garçon remarqua que la tête bouclée de son cousin touchait presque les genoux d'Adeline.

À présent, ils épluchaient les châtaignes rôties du dessert. Comme autrefois. Puis, Pierre qui avait apporté son crincrin commença à jouer. Il savait s'y prendre, l'animal ! Il y mettait du cœur et du nerf, et, ce soir, ça faisait drôle à Goupil, cette musique du peuple qui se répandait dans la maison. Il observait Pierre et Adi, il remarquait leur émotion : la musique ravivait les souvenirs.

Peu à peu, lui aussi, il s'y laissait prendre. Il s'abandonnait à une insidieuse douceur, les images défilaient dans sa tête, il admirait des paysages qu'ils avaient vus tous les trois en même temps. Goupil ne se sentait plus exclu comme au début. Il faisait partie de leur jeunesse. Il faisait partie de ce pays qui n'avait pas bougé depuis des siècles, et peut-être depuis que le Créateur avait séparé la terre des eaux. Il se retrouvait au printemps et en culotte courte, gambadant le long des champs de seigle. Et, d'un bond, il sautait en automne sur les pentes boisées, juste avant la saison des châtaignes. Il batifolait en compagnie de la petite Marianne au milieu des bruyères et eux, les deux grands, descendaient jusqu'aux maisons des fées, sans doute pour s'y donner des baisers. C'était quand ils s'aimaient, quand la princesse n'avait pas le cœur sec comme un vieux fromage.

Brusquement, Adeline se leva, elle avait recouvré son sang-froid. Le fil de la musique se cassa net tandis qu'elle déclarait d'une voix lointaine :

— Les garçons, je crois qu'il est vraiment l'heure d'aller dormir !

Les images rentrèrent dans la viole et les souvenirs dans les mémoires.

Chapitre 8

Adeline avait hâte de rencontrer l'homme de loi. Son séjour au pays lui devenait parfois intolérable. Elle croyait entendre partout la voix de Floriane, elle s'attendait à voir surgir sa grand-mère derrière les maisons qui bordaient plus haut la ruette, lourdes sous leur toit pesant, bien ancrées dans le sol austère.

Des enfants s'enfuyaient à son approche, comme si elle était une sorcière qui aurait pris le visage d'une fée. Parfois, découragée, elle se rendait jusqu'au cimetière, elle se promenait aussi dans l'un des petits chemins vicinaux qui partaient dans la campagne ou dans les bois.

Une fois, elle marcha longtemps dans la neige craquante jusqu'à une maison blottie à l'orée d'un bosquet et, arrivée, tout près, elle se souvint : c'était la demeure de Fanette, la femme aux herbes, l'amie de Floriane.

À la porte pendait une clochette, elle en tira la chaîne. Une vieille femme aux cheveux blancs, aux yeux étranges – un bleu, un vert – la regardait.

— Pardonnez-moi, je vous dérange ? balbutia Adeline.

— Non, tu ne me déranges pas, et je te reconnais, tu es la petite fille de Floriane.

— Je passais… Ce fut plus fort que moi, j'ai eu envie de vous voir. Mais je ne viens pas consulter.

— Je sais. Mais tu es perdue, ma fille. Tu es perdue et tu risques de te perdre encore davantage.

— Que voulez-vous dire ?

— Réfléchis et tu comprendras. La solution est simple, pourtant. Pourquoi te compliquer la vie ? Pourquoi ne regardes-tu pas du côté de Pierre ? Si tu ne changes pas, tu risques de provoquer de grands malheurs dans la vie des hommes !

Sur ces mots, elle lui ferma la porte au nez. Adeline était furieuse et désemparée. La fatigue tombait sur ses épaules, elle ne sentait plus ses pieds et elle avait froid. Elle avait escompté que cette femme lui offrirait au moins un escabeau pour se reposer un moment et un bol de lait qui l'aurait réchauffée. Mais rien, qu'une porte qui vous claque à la figure après des paroles qui vous perturbent !

Elle redescendit en hâte par le chemin en direction de Combe-Verte. Elle ne parlerait pas de cette femme à Pierre.

Ce fut à Goupil qu'Adeline raconta ce qui s'est passé au hasard de sa promenade.

— Cette femme, c'est la Fanette.

— Mais je le sais bien !

— Elle sait jeter des sorts et les lever, mais elle sait aussi guérir par les breuvages qu'elle prépare. Elle a administré beaucoup de décoctions à Floriane, les derniers temps, quand elle souffrait beaucoup, et si cela n'a pas guéri votre grand-mère, au moins, ça l'a soulagée.

Adeline avait peur de cette femme, sans raison sans doute, mais ses paroles lui trottaient par la tête. Elle évitait à présent de s'éloigner du hameau de Maubec, en dépit du soleil qui faisait briller la neige et l'amollissait. Elle pensait à Léon, à ses promesses, à Léon qui lui avait dit si souvent qu'il regrettait son mariage de raison, mais, hélas, un scandale, un divorce, ruinerait à coup sûr ses prétentions, anéantirait ses ambitions, et, à tout bien peser, Adeline s'en moquait aujourd'hui.

Avec détachement, elle se rappelait comment elle l'avait rencontré à une réception, quand elle prétendait être secrétaire au ministère, alors qu'elle n'était qu'une obscure employée aux écritures. Elle se rappelait sa petite chambre de bonne du côté du Pont-Neuf. Et puis cet homme avait changé sa vie, il lui avait appris le luxe et la luxure, sinon le plaisir.

Parfois, tout se brouillait, elle revoyait le jour où un gamin roux était arrivé chez Floriane, le visage blanc semé d'éphélides, tout muré dans son chagrin, et puis, Floriane l'avait pris dans ses bras, l'avait serré contre son giron et l'enfant blême avait pleuré. Prise de pitié, Adeline s'était avancée et lui avait souri :

— Je m'appelle Adeline, on me surnomme Adi. Je serai ta grande sœur !

Et lui, il avait riposté aussitôt :

— Oh non ! Vous êtes trop belle pour être une sœur, vous ressemblez à une princesse.

Chapitre 9

Le temps avait été exceptionnellement doux et la neige n'avait pas tenu sauf sur les hauteurs et le long des talus. Le chemin était redevenu praticable. Adeline put donc rencontrer le notaire, un personnage sympathique et presque honnête, pas du tout de la race des « patrocineurs », ces agents d'affaires qui dirigent les procès et les font durer, les provoquant, à l'occasion.

Tout était en ordre, Floriane avait laissé du bien et de l'argent, les droits de succession étaient réglés, et Adeline se retrouvait à présent maîtresse des châtaigneraies et de la maison de Maubec, à Combe-Verte. Elle s'y affairait comme une ménagère, et Goupil s'étonnait de la voir plonger dans un baquet empli d'eau grasse ses jolies mains aux grands ongles – mais deux avaient cassé !

Elle rencontrait Pierre au moins cinq fois par jour, étant donné la proximité de la maison et de la forge. Goupil s'était raisonné, il avait compris qu'il fallait aimer à son niveau, à hauteur de son âge encore tendre. Marianne, d'ailleurs, lui adressait quelques risettes encourageantes. Jolie à croquer, elle était pourvue d'un mignon petit corps à la fois élancé et dodu, et ses tresses comme des anses de panier plaisaient bien à Goupil qui ne rêvait que de les défaire.

Le garçon savait jusqu'où il fallait aller, et surtout ne pas aller, le père Moutier aurait vite fait de cogner et même de les traîner tous les deux devant le curé. On pouvait toucher, un peu, beaucoup, mais pas consommer. Il évoquait les ruines du château. Marianne lui avait dit : « Peut-être que c'est ici que le "Loup" se cache ! » Marianne aussi, elle en rêvait, du « Loup », comme toutes les femmes et les filles, oui, toutes elles avaient envie de le ramener sur le droit chemin !

Ce jour-là, Goupil était monté avec Marianne jusqu'aux maisons des fées de Floriane, et, de là-bas, il avait vu les restes de ce vieux château régnant sur l'espace enneigé, avec ses trous comme des plaies dans sa carcasse, sa tour à créneaux, en forme de couronne, habitée par des corbeaux.

Le soleil s'était réveillé, le ciel se colorait, la vue de cet endroit était superbe ; d'un côté, votre regard se hissait avec le haut plateau et de l'autre, il accompagnait les montagnes basses qui faisaient la ronde. Et la neige fondait sous vos pas. Un petit baiser, quelques jeux de main, la voilà contente Marianne, qui savait bien elle aussi quand elle devait arrêter ses provocations, elle ne voulait pas se retrouver avec le « ballon » sous sa robe. Aussi, quand le souffle du garçon qu'elle aguichait devenait plus rapide, c'était le signal, on s'écartait, on reprenait des mines de petite fille effarouchée. Adi jouait à cela sans doute avec Pierre, elles étaient toutes pareilles.

Goupil et Marianne se séparèrent avant l'entrée de Maubec, au cas où le père Moutier aurait eu des espions. Il retrouva la maison, ses tâches du jour et Adeline qui avait toujours son idée fixe : lui apprendre à lire. Et lui, il avait l'ambition de la mettre au courant de tout, à propos du domaine, comme si elle devait toujours rester. C'était un prêté pour un rendu !

Et puis un matin, sans crier gare, Adi lui asséna la nouvelle : elle souhaitait regagner Paris, elle lui laisserait tout diriger en son nom.

À présent qu'Adeline était décidée, elle voulait partir sans attendre.

— Il faudra la carriole du père Moutier pour rejoindre Aubenas, objecta Goupil, la gorge sèche.

— Non, non, ce n'est pas la peine. Inutile de le déranger. Tu m'accompagneras. Nous emprunterons le raccourci partant de Combe-Verte. De là, si j'ai bonne mémoire, nous tomberons juste sur la route où passe la diligence.

En fait, elle était gênée – à cause de Pierre –, elle ne prenait pas congé, elle fuyait, c'était clair !

— Goupil, je peux compter sur toi ? Il me faut quelqu'un pour m'aider à porter mon bagage.

Ce quelqu'un ne pouvait être que lui, bien sûr ! Goupil inclina la tête. D'abord, est-ce qu'il avait le choix, est-ce qu'il possédait le pouvoir de la retenir ?

Il s'agissait bien d'une fuite, puisqu'elle ne voulait même pas dire adieu à Pierre. Elle parut lire dans ses pensées.

— Je préfère ne pas revoir Pierre, il aurait trop de chagrin. Je lui écrirai de Paris.

— Quand même…

— Tu dois savoir, Goupil, je le considère comme un frère, à présent, et lui, en quelques semaines, il s'est mis des idées en tête, des idées d'avant. Il s'imagine que je pourrais rester ici et devenir sa femme. Moi, je ne peux pas, tu comprends ?

Il ne comprenait rien du tout et s'en moquait. Au fond, il préférait qu'elle parte, et vite ! Il retrouverait intact le souvenir de Floriane, l'affection de son cousin et les câlins de Marianne, qu'il n'appréciait plus vraiment depuis le retour de la princesse. Qu'elle aille donc jouer les trouble-fête ailleurs !

Adeline empaquetée dans sa pelisse, lui dans un paletot de laine rêche, ils se laissaient emporter par le chemin en pente. C'étaient les jours les plus courts de l'année. La nuit tomberait vite, mais, pour Goupil, remonter à Combe-Verte ne poserait pas problème, il connaissait le coin comme sa poche. Pourtant, il ne se sentait pas en forme. Le bagage d'Adi serait-il trop lourd ?

Adeline s'arrêta brusquement et le regarda au fond des yeux.

— Goupil, je te laisse la propriété, je te fais confiance. J'aimerais bien que tu te mettes à lire et à écrire, j'ai vu Monsieur le Curé, il ne demande qu'à t'apprendre, puisque moi je n'ai pas réussi. J'écrirai souvent des lettres à destination de Maubec, alors comment te débrouilleras-tu pour les déchiffrer ?

— Je les porterai à Pierre !

— Tu auras toujours réponse à tout. À propos de Pierre, sois gentil avec lui. Il va avoir de la peine.

— Sûr, qu'il en aura ! Et vous, ça vous est égal, pas vrai ?

— Goupil, tu sais bien que non ! Mais ma vie n'est pas ici.

— Qu'est-ce que vous en savez ? Vous n'avez même pas essayé.

— Je t'en prie, ne me dis pas ce genre de choses, pas maintenant, Goupil !

Il prit conscience de la tristesse de sa voix. Il réalisa qu'elle s'en allait pour de bon et qu'il n'était pas près de la revoir. Des espèces de grandes tenailles lui serraient le cœur puis œuvraient à l'arracher de sa poitrine encore étroite d'adolescent. Il regardait Adeline, elle le regardait aussi, et il devinait qu'en dépit des apparences, la princesse l'aimait beaucoup.

Ils repartirent. La jeune femme frissonna. Elle avait l'impression désagréable que sa grand-mère désapprouvait ce départ. Elle se revoyait après la mort de ses parents, avec Floriane, un soir d'avril. La bise était tombée, elles avaient décidé de marcher un peu, et Floriane lui tenait la main. Une paix indicible imprégnait la campagne. La femme et l'enfant avaient franchi un petit pont de pierre, puis s'étaient arrêtées près d'un grand chêne, celui qui marquait le début de la campagne nue. Le ciel avait pris une coloration pâle, très douce, et tout le vert de ce crépuscule printanier s'y fondait moelleusement. « Écoute le silence ! » avait dit Floriane. Adeline écoutait. Du hameau montaient quelques sons indistincts ; un mince filet de fumée s'élevait des cheminées. On apercevait le toit de leur maison et celui de la forge.

— Aime toujours ton pays ! avait dit Floriane. C'est là que tu es destinée à vivre. Même si tu ne le sais pas encore !

— Oh ! Mais je ne m'en irai jamais, je ne te quitterai pas ! avait protesté la petite.

Floriane avait secoué la tête, comme si elle devinait les choses du futur.

— Goupil ?

— Oui, demoiselle ?

— Occupe-toi bien de la tombe de grand-mère ! pria Adeline d'une voix sourde. Promets !

— Mais oui, vous n'avez pas besoin de me le demander.

Goupil avait l'impression qu'il pleuvait, c'était bizarre ! Une pluie qui viendrait d'où ? Nez en l'air, il cherchait ; non, aucune averse, pourtant ses yeux étaient mouillés. Une goutte d'eau glissa le long des ailes de son nez, buta sur l'ourlet fort de sa bouche rouge. D'un coup de langue, il la happa. Tiens donc, elle était salée ?

Adeline et Goupil étaient arrivés au grand tournant, à un endroit où le chemin s'encaissait profondément. Autrefois, ce lieu, comme beaucoup d'autres dans la région, était tout chargé de superstitions. Puis le christianisme y avait haussé une croix et son ombre avait chassé – en partie – les peurs ataviques. Un jour, la croix avait disparu. Elle aurait été enlevée, disait-on, par les partisans d'un clan qui ne croyaient ni à Dieu ni au diable. Ou peut-être par un sorcier. En tout cas, le socle demeurait, en granit, inaltérable, et ceux qui passaient par ici et se sentaient fatigués s'y adossaient, ou même s'y juchaient.

Adeline et Goupil s'étaient arrêtés eux aussi pour se reposer un moment. Le regard du garçon se fixait là où le raccourci s'embranchait. Le bout de la route était un trou d'ombre et d'incertitude.

Goupil se représentait à cet endroit la halte de ses ancêtres, dont certains partis pour la vallée, à la terre plus facile, engageante, gorgée des alluvions du fleuve et de limon fertile, la bonne terre vigoureuse et légère à la fois.

Mais lui, il aimait leur glèbe âpre qui plâtrait de boue les semelles de bois, quand l'orage et la pluie l'avaient barattée. Il se moquait bien de la douceur de la vallée, il préférait les montées, les descentes et les courts replats où les jambes reprennent d'elles-mêmes leur rythme habituel.

— Il faut poursuivre, à présent, dit Goupil.

— Oui, tu as raison.

Adeline avait l'air fatiguée. Pourtant, à présent, le plus dur était accompli, on distinguait même les toits d'un hameau qui alignait ses quelques maisons au bord de la route, juste en dessous. S'ils avaient eu des ailes, ils s'y seraient posés en quelques secondes. À pied, ils y parviendraient dans moins d'une demi-heure.

Et c'était lui à présent qui traînait la jambe, et c'était Adi qui l'asticotait :

— Dépêchons-nous, je ne voudrais pas manquer la diligence !

Goupil retint un soupir. Son imagination pourtant fertile ne pouvait pas façonner tous les malheurs de l'avenir, et pourtant, comme il les sentait ces oiseaux de mauvais augure qui traçaient leur vol lourd dans un avenir proche. Ces choses mauvaises concernaient Adi, il le pressentait, et il aurait voulu la protéger. Mais de quoi ? S'il l'avait su, cela aurait été plus facile.

— Faites attention de ne pas glisser ! ronchonna Goupil.

Dans les passages étroits, entre les parois rocheuses qui décourageaient le soleil, la neige n'avait pas fondu et ils peinaient. Une image s'imposa tout à coup à la mémoire de Goupil. C'était quand Floriane lui avait ouvert les bras et sa maison, et quand Adi était gentille avec lui comme elle l'était avec Pierre. Ils étaient montés, elle et lui, en direction des bois afin de ramasser des pommes de pin si pratiques pour allumer le feu, en empruntant un sentier plus étroit encore que celui-là, mais seuls le bordaient des talus criblés de fleurs sauvages. Une jubilation intense, une allégresse cosmique soulevaient ces jeunes cœurs dans un paysage créé pour élever les sentiments autant que pour vous hisser plus haut vers des régions où l'air est pur. Plus ils montaient, plus leur plaisir grandissait. Par endroits, le sentier abrupt devenait impraticable et des ronces agrippaient la jupe d'Adi. Lui, avec ferveur, il les décrochait. Et à l'aide d'un bâton, il aplanissait un chemin invisible, mordant sur la forêt qui s'avançait déjà avec sa frange verte et rousse.

Adeline lui avait souri, elle lui avait dit : « Merci, petit Goupil ! »

C'est pour ce genre de sourire qu'il avait vécu, et même parfois survécu. Ce sourire qu'il ne verrait plus fleurir sur les lèvres roses d'Adi.

Goupil sursauta : sa compagne avait poussé un cri. Intrigué, il se retourna. Cette idiote avait glissé, pourvu qu'elle ne se soit rien cassé ! Il l'aida à s'adosser à un rocher, lui interdit de se mettre debout. Elle n'y songeait pas d'ailleurs, elle grimaçait de douleur. Prestement, le garçon examina sa cheville blessée. Sacrebleu ! C'était une grosse foulure, pour le moins. Goupil hésita. Il n'était plus question de diligence ! Il s'agissait à présent de retourner à Combe-Verte avant la nuit. Mais y retourner comment ? Que fallait-il décider ? Laisser Adeline sur place pour aller quérir de l'aide ? Il ne voyait pas d'autre solution. Une chose est certaine, Adi ne pourrait pas marcher, même en s'appuyant sur lui.

Goupil se rappela que le grand-père de Pierre avait le don de guérir les foulures, juste avec une prière et un attouchement particulier. Hélas, là où le vieil homme se trouvait à présent, il ne pouvait rien pour la princesse.

— Je vais chercher de l'aide au village, dit-il, ce sera plus rapide que de retourner à Combe-Verte.

Goupil s'apprêtait à partir sans se soucier des gémissements d'Adeline qui redoutait de rester seule, quand il aperçut une silhouette, en haut, sur le chemin d'où ils venaient. Impressionnante, elle se profilait contre les rochers. Goupil agita les bras, fit des moulinets ; il cria, à gorge déployée :

— Hé, là-haut, venez m'aider, une demoiselle s'est blessée !

L'arrivant dévala la pente neigeuse tel un acrobate. Il s'engouffra dans l'étroit passage entre les blocs rocheux, il semblait bien connaître l'endroit et ses pièges. Il reparut bientôt et Goupil trouva quelque chose de familier à cette silhouette d'homme, quelqu'un de drôlement frileux à en juger la longue pèlerine qui l'enveloppait.

— Ah ! je suis bien content de voir quelqu'un par ici à cette heure, surtout que le coin n'est pas très fréquenté ! La demoiselle a glissé et…

Goupil s'interrompit et poussa un cri étouffé. Il venait de découvrir que l'arrivant était masqué.

Chapitre 10

Le garçon se tourna vers Adeline. Elle écarquillait des yeux qui n'en croyaient pas ce qu'ils apercevaient. Mais cette fille qui n'avait jamais rien fait comme les autres ne montrait aucune trace de frayeur. Goupil reporta son regard sur l'homme surgi de nulle part. Le masque lui recouvrait tout le visage ; on y avait seulement ménagé une fente pour chaque œil et une autre pour la bouche.

Un moment plus tôt, il était tête nue, Goupil en aurait mis sa main au feu, mais, en approchant, l'inconnu avait remonté le capuchon de sa cape, ce qui lui donnait une allure encore plus bizarre, moitié diable moitié moine, se dit l'adolescent dont les pensées trottaient à toute allure dans sa cervelle excitée.

Quelle histoire ! Quelle rencontre ! Car Goupil devinait sans peine à qui ils avaient affaire. Le garçon avait tellement rêvé de rencontrer le fameux hors-la-loi baptisé : le « Loup » ! Et, à présent, voilà qu'il avait peur, il tremblait dans son froc et restait muet.

L'arrivant ne dit rien non plus. Il flottait autour de lui une aura de liberté et d'audace, il sentait le vent du haut plateau et de ce lieu spécial appelé la Montagne.

La Montagne fendue en deux par les eaux de l'Ardèche, qui va jusqu'à l'est de la forêt de Mazan et demande à l'Allier de lui servir de limite au couchant.

Là-haut s'étalent de vastes pâturages désolés et des bois de sapins et de hêtres. Mêmes les châtaigniers ne s'y développent plus, alors vous pensez, le mûrier et la vigne ne connaissent pas ces régions-là, hantées par des populations farouches.

D'un signe de tête, l'homme masqué enjoignit à Goupil de parler. Le garçon obtempéra et raconta en bredouillant que la demoiselle s'était fait une méchante entorse et qu'ils avaient besoin d'aide. Ils n'avaient rien à voler, ils étaient de braves paysans, et bien pauvres ! Mais, naturellement, s'il regardait de près la princesse, le « Loup » s'apercevrait bien qu'elle portait une belle robe sous sa pelisse qui coûtait aussi cher qu'une parcelle de terrain autour du village, et il se douterait qu'elle serrait de l'argent et des bijoux dans son gros sac.

Le « Loup » saisit l'éclopée sous les bras et, sans effort, il la souleva et remonta par le raccourci en direction du chemin de Maubec. Elle ne disait rien. Elle avait même passé ses bras autour du cou de l'individu, comme si cela allait de soi. Et Goupil les suivait, il devinait, il sentait physiquement que quelque chose de grave allait arriver, et pas du tout ce qu'il croyait.

Et à présent le voilà qui retournait au village, seul, oui, plus seul que jamais, avec l'impression d'être devenu fou ou d'avoir rêvé ce qui s'était passé pendant l'heure précédente.

La nuit était tombée, le vent pinçait. Goupil marchait vite, il se répétait que Floriane par chance n'était pas là pour entendre son récit, et ce récit, à qui le confierait-il pour s'en délivrer ?

À personne. Le bandit de grand chemin l'avait interdit. Il lui faudrait, bon gré mal gré, garder cette histoire indigeste sur le cœur.

Encore effaré, Goupil revoyait la scène. D'abord, arrivé en haut, l'homme masqué avait fait asseoir Adeline sur une grosse pierre plate. Ensuite il s'était mis à genoux devant elle comme un chevalier du temps jadis devant sa belle, mais ce n'était pas pour lui conter fleurette, c'était pour palper sa cheville. Quoique… Mais, d'abord, il avait parlé d'une curieuse voix étouffée, assourdie… un peu comme s'il avait peur qu'on le reconnût, tiens donc ! Goupil en avait l'impression, maintenant.

— Vous n'avez rien de cassé, c'est une entorse. Je connais le moyen d'arranger ça. J'ai… j'ai une sorte de don. Je vais vous remettre sur pied. Vous me faites confiance ?

Adeline avait hoché la tête. Il avait fait glisser son bas avec douceur et ses mains ne tremblaient pas, pourtant ; on aurait dit qu'elles caressaient la jambe de la jeune femme. Elle avait poussé un petit cri, et crac, c'était fini, tout était rentré dans l'ordre, la cheville désenflait déjà comme par magie et Adeline pouvait lacer de nouveau sa bottine.

Goupil, à cet instant, avait pensé au grand-père de Pierre qui n'aurait pas fait mieux. Adeline était admirative. Le masque noir ne lui inspirait aucune crainte, au contraire. Goupil aurait juré qu'elle brûlait d'envie de le soulever pour découvrir le visage qui se cachait dessous.

— Alors, c'est donc vous, cet homme dont on parle tant ?

— C'est moi. Est-ce que je vous fais peur ?

— Non. On raconte que vous ne vous en prenez qu'aux riches, que vous respectez les pauvres gens et même que vous les aidez parfois à vivre !

La nuit tombait, une lune comme une grosse courge se dessinait dans le ciel, et lui, Goupil, abasourdi, il les écoutait qui parlaient, parlaient, ces deux-là qui l'oubliaient. C'était exactement comme lorsqu'il se trouvait entre Pierre et Adi. Un nouveau triangle se reformait, le « Loup », la princesse et le petit Goupil devenu invisible. Ça avait duré, duré ! Puis le brigand avait soulevé Adi comme une plume après lui avoir chuchoté quelques mots à l'oreille, une question, sans doute, car elle avait acquiescé d'un signe de la tête. Il l'avait assise sur son cheval et, du pied, avait poussé le sac d'Adi vers lui, Goupil.

— Remonte ça chez toi, petit. Je raccompagnerai la demoiselle plus tard, tu n'as pas à t'inquiéter.

Et lui, les bras ballants, il attendait, il espérait qu'Adi allait protester, crier, l'appeler au secours : alors il aurait fondu sur ce loup à deux pattes venu des hauteurs, il aurait donné sa vie pour la princesse, mais celle-ci, du haut de la monture de son ravisseur, plus « demoiselle » que jamais, elle avait dit :

— C'est bon, rentre à la maison, Goupil. Je sais ce que j'ai à faire.

Et lui, tout bête :

— Mais, votre diligence ?

— De toute façon, elle est passée depuis longtemps. Et il y en aura d'autres.

On croyait rêver, pas vrai ? Et, pourtant, c'était arrivé et, à présent, il marchait dans la nuit bleutée, avec, dans les jambes, toute l'impatience qui s'était emparée de lui quand ils les attendaient, eux qui s'entretenaient tout bas, qui faisaient connaissance, en somme.

Goupil se remémora tout ce qu'on avait raconté depuis des mois sur le bandit de grand chemin. Ce « Loup », venu semblait-il du haut plateau et qui se cachait un peu partout sur la Montagne, ne s'était encore jamais intéressé aux dames, mais cette Adi avait le don pour attirer le regard des mâles avec tous les inconvénients qui en découlaient !

Misère ! Il n'avait pas encore dix-sept ans, Adi ne lui avait rien demandé, il ne lui restait que sa fierté offensée – mais à quel titre ? Il ne pouvait pas se battre en duel, et d'ailleurs se bat-on encore en duel, et le peut-on contre un individu de cette sorte ? La phrase que le « Loup » lui avait criée dans son dos résonnait encore à ses oreilles : « Et garde ta langue ! »

Oui, cela sonnait comme un avertissement et même une menace ! Garder sa langue quand Adi était prisonnière de cet insensé ? Et pourtant il fallait bien, sinon il pourrait y avoir des représailles. Pas de doute, en quelques secondes cette inconsciente s'était amourachée du hors-la-loi. Pauvre Pierre, pauvre monsieur le député qui ignorait les frasques de sa dulcinée ! Une aventure pareille, ça ne pouvait arriver qu'à la princesse. Pour sûr qu'il serait muet, même fou de colère et de dépit contre elle. Il avait trop peur qu'il lui arrive du mal à cette fille-là !

Et, ruminant toutes les paroles qu'il lui assènerait plus tard – parce qu'il fallait bien espérer qu'elle reviendrait –, Goupil marchait, traînant le gros sac d'Adeline, qui lui battait les jambes. Adi avait raison, la diligence depuis belle lurette avait dû passer à la fourche du raccourci et lui, il arrivait enfin au hameau, gelé, fourbu. Il ressentit alors une terrible envie de voir Pierre, il ne lui dirait pas tout au cousin, il ne lui dirait rien sans doute, enfin, il verrait comment ça se présenterait.

Garder sa langue ! Cet avis ne concernait pas vraiment Pierre, mais si Pierre se mettait dans l'idée d'aller sauver son ancienne fiancée, leur petite princesse cruelle qui ne souhaitait sûrement pas être arrachée des griffes de ce loup voleur de bourses, voleur de cœur…

Mais Goupil n'avait pas de souci à se faire quant à sa décision de se confier ou non à Pierre. La forge était noire. Son cousin devait déjà dormir et ça valait bien mieux comme ça. Le garçon rentra à la maison de Floriane, son foyer depuis tant d'années. Pourquoi n'était-elle pas là à l'accueillir, à lui ouvrir les bras comme lorsqu'il était petit ? Il faisait si froid, ici, sans elle et la princesse. « Oh ! Floriane, je suis vraiment le dernier des imbéciles, je ne mérite pas le surnom de Goupil, je n'ai rien senti venir ! Je n'ai pas su protéger ta petite-fille, mais toi, du haut du ciel, fais quelque chose, je t'en prie ! »

Goupil prit une pierre dans le feu ranimé et la déposa, enveloppée d'un linge, entre les draps de la princesse, au cas où elle reviendrait dans la nuit, ou sur le petit matin. Cette pierre resterait chaude longtemps. Mais les heures coulaient, le balancier de l'horloge emportait le temps et lui, affalé dans le fauteuil à bascule, il se laissa bercer et s'endormit d'un coup.

Était-ce le bruit de la porte qui l'avait tiré de son sommeil ? Il ne l'analysait pas. Sa première pensée fut qu'il devait aller tout de même parler aux gendarmes en dépit de la menace, ou tout au moins à Pierre, mais Dieu merci, il n'aurait pas à le faire car le jour se levait sur le retour de la princesse, enveloppée dans sa chaude pelisse, juste un peu décoiffée.

Ses yeux brillaient comme des étoiles dans une nuit de grand gel. Elle découvrit Goupil près du feu éteint, dans le fauteuil de Floriane où jamais encore il n'avait osé poser les fesses.

— Oh ! Tu m'as attendue, Goupil !

Il se leva d'un bond. Il la considérait, il n'osait pas la toucher, des fois qu'elle n'aurait pas été réelle ; et d'ailleurs, même si elle était bien « vraie », s'il allongeait la main dans un geste de tendresse, elle aurait vite fait de lui claquer les joues.

— Eh bien ! Ne me regarde pas comme ça ! Tu en fais une tête !

— C'est que... Je me suis terriblement inquiété pour vous.

— Il ne fallait pas. Tu as vu ? Ma cheville est tout à fait guérie. Je tiens debout, je marche, je pourrais danser, même !

— Ce n'est pas pour votre cheville que je m'inquiétais.

— Tu es bête !

— Oh ! je sais. Il n'empêche... Demoiselle ! Comme j'ai eu peur ! Il vous a donc laissé partir ! Est-ce qu'il vous a malmenée, est-ce qu'il a pris votre beau collier de perles ?

— Mes perles sont toujours à mon cou et le reste se trouvait dans mon sac que je t'ai confié. Tu l'as bien rapporté ?

— Oui, demoiselle.

— Je boirai bien un bol de lait chaud. Sucré au miel.

Tandis qu'il s'affairait, trop content d'être utile, elle lui raconta, comme à un petit frère élu pour confident. Elle lui raconta l'incroyable histoire d'amour, le coup de foudre, le temps qui se comprime et se dilate à la fois, et le « Loup », cet homme étrange dont la voix portait l'accent des gens d'ici.

Elle était amoureuse, Adi !

Elle était amoureuse d'un bandit de grand chemin, d'un malfaiteur recherché par la police. Manquait plus que cela ! Une affreuse douleur affolait Goupil, il se disait que Pierre, décidément, aurait été cocufié plusieurs fois. Mais quoi ! Pierre n'était plus le promis de la princesse, cette fille faisait ce qui lui plaisait, et elle, pas honteuse pour deux sous, elle lui racontait les choses par le menu, elle enjolivait, sans se douter qu'elle lui déchirait le cœur, et par procuration celui de Pierre quand il saurait.

— Le « Loup » m'a conduite dans un lieu secret, il a des cachettes un peu partout, du haut plateau au bas-pays. Et puis, au matin, il m'a ramenée à Maubec, comme il l'a promis.

— Alors, c'est qu'il ne vous avait pas emmenée bien loin.

— Je ne dirai rien, Goupil. Je n'ai pas le droit de le trahir.

— C'est quand même un peu fort ! Cette affaire est… diabolique.

— Tu exagères !

— Mais non. Est-ce que vous allez le revoir, demoiselle ?

— Tu ne m'appelles plus par mon prénom ? Je ne suis plus Adeline pour toi ? Ou Adi ?

— Vous me faites peur. Je ne vous reconnais plus.

— Tu es un benêt. Il n'y a pas à avoir peur. Tiens ta langue, c'est tout ce que je te demande. Je t'aime bien mon petit Goupil, malgré ton mauvais caractère, et tu m'aimes bien, je sais. Alors tu devrais te réjouir de me voir enfin heureuse. Car je suis heureuse.

— Et inconsciente.

— Tais-toi donc. Tout va s'arranger, je pense. En tout cas, je ne pars plus, Goupil. Je m'installe ici pour de bon.

— Et moi ?

— Eh bien, tu as ta place aussi dans cette maison et tu le sais. Hier encore tu me suppliais de rester au pays, tu n'es pas logique.

— Hier c'était hier. Cet amour vous rendra malheureuse, sinon désespérée.

— Je veux espérer le contraire. À Combe-Verte, je pourrai rencontrer souvent le « Loup », et j'arriverai à le persuader de cesser son drôle de jeu. Mais il faut que tu sois de mon côté, entends-tu ! Goupil, petit Goupil, petit frère, tu ne devras pas le dénoncer et tu m'aideras à le décider à passer du côté de la légalité, en douceur, avant que les gendarmes ne découvrent son identité.

— Que vous ignorez, vous aussi. Vous croyez que c'est si simple ! Ma pauvre demoiselle ! Vous l'appelez le « Loup » parce que vous ne connaissez même pas son véritable nom. Personne n'a jamais vu son visage. Et vous, alors ? demanda le garçon avec insolence.

— Non, même pas moi, répondit-elle d'une voix songeuse. Nous nous aimons et je ne connais pas son visage.

Goupil ricana :

— Et vous croyez qu'il acceptera de se dévoiler ! Je suis bien sûr du contraire. En tout cas, avec son espèce de cagoule, ça devait être pratique pour vous embrasser !

Elle ne rit pas de cette saillie, elle en aurait pleuré, plutôt. Elle était épuisée, elle n'aspirait qu'à dormir. Et elle s'endormit quand le hameau s'éveilla. Lui, Goupil, il sortit pour donner du grain aux volailles et traire les chèvres, il fit chauffer de l'eau dans le chaudron à tout hasard et courut dépendre un saucisson.

Il pensait à Floriane, qui n'arrêtait pas. Levée dès l'aube, la femme de la campagne, riche ou pauvre, n'a pas une seconde à elle pour souffler, elle fait double tâche, et Floriane s'enfonçait dans la besogne avec une espèce de rage. Elle lui expliquait, tout en travaillant, ses enfants morts en bas âge, un fils tué par les Prussiens, son mari décédé lui aussi, toute la famille anéantie, il ne lui restait que cette Adi, cette petite dont insensiblement Goupil, après son départ, avait pris la place à la maison.

Jeune, Floriane – originaire de Saint-Alban – faisait un travail de « manouvrière », c'est-à-dire qu'elle fanait, elle râtelait, ramassait les châtaignes et les patates, liait le blé en gerbes, allait à la vendange dans le bas-pays. Et pourtant elle était fine, intelligente et savait lire, écrire, compter, car elle avait fréquenté l'école jusqu'à treize ans. Elle était belle, aussi, et elle avait du charme autant que du courage. Beaucoup d'hommes la voulaient, elle ne les regardait pas, comme si elle attendait quelqu'un. Et elle avait eu bien raison d'attendre. Elle avait rencontré chez un de ses patrons celui qui était devenu son mari et qui avait mis à ses pieds son amour passionné, mais aussi un beau domaine, dont elle devint tout de suite la reine.

Pourquoi tournait-il dans sa tête les souvenirs d'une vieille femme morte ? Peut-être pour se distraire de l'aventure incroyable qui arrivait à la descendante de Floriane. Pourtant, en entrant dans l'étable, le garçon y pensait toujours, il se disait qu'aux yeux impitoyables de la loi, par son silence, il devenait le complice d'un homme recherché qui se faisait appeler le « Loup ».

Après une journée à somnoler, une nuit à se retourner énervée sur sa couche et à réfléchir, le train-train du quotidien avait redémarré vaille que vaille pour Adeline. Ce matin-là, elle sortit du lit de bonne heure. Qu'elle le veuille ou non, rien ne serait plus jamais pareil. Elle n'était plus tout à fait elle-même, il était arrivé cela : une rencontre extraordinaire et tout avait basculé, l'univers avait explosé, elle habitait dans une étoile. Il n'y avait plus de passé et même plus d'avenir, quoi qu'elle en dît, quoi qu'elle espérât. Ce hors-la-loi dont elle était tombée brutalement amoureuse était recherché, on voulait sa peau. Il existait un ordre établi de par le monde, et aussi une justice ; il fallait s'y soumettre, même quand ça paraissait tout à fait aberrant.

Les heures finirent par s'écouler. Quand la table fut débarrassée, Adeline s'y installa avec du papier à lettres et une bouteille d'encre, celle qu'utilisait Floriane pour sa correspondance. La jeune femme écrivit tard dans la nuit, à la lueur de la lampe qui fumait. La plume grinçait dans le silence des choses qui s'étaient assoupies. Adeline méditait, tout en fabriquant sa lettre de rupture, en s'appliquant, comme autrefois sur son cahier d'écolière, quand elle s'efforçait de ne pas faire des pâtés en traçant les pleins et les déliés des somptueuses majuscules. Mais, cette lettre, elle l'écrivait en minuscules, avec la discrétion qui sied, et pourtant, elle avait envie de plaider sa cause, de demander à Léon de l'aider, enfin d'aider le « Loup », ce qui revenait au même.

Son ami avait des relations, il aurait pu étouffer cette affaire qui finalement n'était pas criminelle. Mais, peut-on demander à un amant de plusieurs années le bonheur du bien-aimé de quelques heures ? Et, d'ailleurs, le « Loup » accepterait-il d'être aidé ? Pas sûr. Que connaissait-elle de lui, au fond. Même pas son visage !

Elle quitta la maison, enveloppée dans la vieille pèlerine de Floriane qui était plus pratique que sa belle cape doublée. Il avait dû neiger un peu pendant la nuit parce qu'on voyait sur le sol blanchi les traces des galoches de Goupil. Le garçon devait couper du bois ou bien traire les biques. Il porterait la lettre à la ville quand le temps s'y prêterait mieux. Mais cette lettre de rupture qui n'était pas partie, qui ne partirait pas demain ni même après-demain, la gênait, parce que dans sa tête et dans son corps autant que dans son cœur, elle avait déjà coupé le lien qui la retenait à Léon.

La jeune femme soupira, elle accorda une dernière pensée à un souvenir, elle revit le petit hôtel particulier à trois étages, avec une terrasse à lourds balustres qui courait côté jardin. Léon y conduirait une autre femme, voilà ! Cet hôtel vieillot plein de charme lui venait de sa famille, et lui, il vivait près de Fontainebleau avec sa femme dans une grosse maison cossue et banale dans sa modernité.

Adeline rejetait dans le passé l'image de la respectable demeure familiale où il l'emmenait en se cachant, et dont les volets de l'étage n'étaient jamais ouverts, elle la rejetait au prix d'un effort volontaire. Elle voulait oublier ses rideaux de velours, cette vague odeur de poussière, de fleurs séchées et de passé qu'on dérangeait en ouvrant la porte, le gaz qui brûlait dans les lampes, le long de la montée d'escalier, et qui éclairait en les déformant les motifs d'une tapisserie d'Aubusson.

Elle avait beaucoup aimé cette maison. En fait, il lui était plus facile de rejeter tout ce qui avait trait à Léon, cet homme qu'elle n'avait jamais aimé d'amour à bien y réfléchir : son haleine troublée, ses mains un peu trop grasses. Elle ne voulait plus entendre l'écho de son rire, ses chuchotements, ses soupirs, ses halètements rythmant aussi bien ses élans que ses défaillances, et pourtant elle vit encore une fois, nettement, la porte qui donnait sur la chambre, avec ses moulures, et le lit où elle avait bradé sa jeunesse. Elle ne serait plus jamais cette fille en cheveux, alanguie dans son déshabillé de soie sauvage et ses fanfreluches.

Adeline alla chercher du bois dans un grand panier. Elle rentra, referma la porte. Elle jeta quelques pommes de terre dans le chaudron où l'eau bouillottait. On tapa. Ce n'était sûrement pas Goupil, ça ne pouvait être que le voisin, ou Pierre.

Elle dit : « Entrez ! » et Pierre entra et déposa un paquet sur la table. Elle l'avait oublié, avec tout ça ! Il la mangeait des yeux, tout en lui demandant si elle allait bien, et pourquoi elle se trouvait encore à Combe-Verte de Maubec. Elle n'était donc pas partie comme elle en avait l'intention !

— Mais… Qui t'a dit que je voulais partir ?

Pierre haussa les épaules sans répondre. Puis il expliqua : il n'était pas venu pour elle, il croyait trouver Goupil, et seulement lui dans cette maison.

Et tandis que Pierre parlait, Adeline se disait confusément qu'elle ne lui avait jamais annoncé son départ, qu'elle s'en était allée en catimini, l'autre jour. Alors comment savait-il ? Sans doute avait-il dû voir Goupil entre-temps.

Un brouillard de fumée la fit tousser, le feu prenait mal. Pierre se pencha, ajouta des brindilles et des pignes bien sèches qui s'enflammèrent en craquant. Adeline regarda le paquet, sur la table. Elle se demandait ce qu'il contenait.

— Tu sais, Pierre, j'ai réfléchi, je vais rester. Ma grand-mère aurait voulu cela.

Pierre ne sembla nullement s'étonner de cette volte-face. Le feu avait pris, à présent, et les flammes qui avaient dévoré le fragile édifice de branchettes et de pommes de pin s'élevaient en grondant.

— Tu ne regardes pas ce que je t'ai apporté ?

Il y avait des contradictions dans tout ça. Pierre la croyait partie, sans savoir qu'elle partait, et puis il lui apportait un présent !

— Mais, Pierre, puisque tu pensais que j'étais déjà loin de Maubec…

— Oui, bien sûr, mais c'est façon de parler, je l'aurais donné à Goupil, mais c'est à toi que je pensais en forgeant cet objet.

Adeline écarta les chiffons qui entouraient la chose et sursauta, étonnée, ravie, admirative. Elle avait sous les yeux une croix en fer forgé, finement ciselée à ses extrémités, ressemblant à ces croix inspirées de l'art celtique, comme en exécutaient les premiers chrétiens.

— Je l'ai réalisée exprès pour la tombe de Floriane.

— Je te remercie, dit la jeune femme touchée. C'est vraiment de la belle ouvrage !

Elle lui sourit et il parut content. Elle évoqua le « Loup » et elle tenta de se persuader que, finalement, elle avait rêvé leur rencontre. Ou, en tout cas, que celle-ci n'aurait pas de suite. Et c'était difficile d'imaginer le contraire. Si elle ne s'était pas foulé la cheville, elle aurait été loin à présent, il y aurait eu la diligence, le chemin de fer et l'arrivée à Paris. Elle aurait retrouvé l'hôtel particulier avec ses volets fermés sur des chambres closes où étaient rangés des meubles de famille, endormis sous leur housse. Cet hôtel où elle vivait la plupart du temps en fille entretenue, avec son cocher, sa voiture, son amant, sa fausse liberté et les mensonges assénés à Floriane qui faisait semblant de les gober. Car elle n'avait pas travaillé bien longtemps au ministère dans son réduit obscur, à s'user les yeux sur des chiffres. À Paris, à cette heure, elle serait en train de se prélasser dans son bain, n'ayant nulle autre espérance que la visite de Léon !

Adeline et Pierre se regardaient sans savoir trop quoi dire, une gêne profonde s'était installée. Heureusement, Goupil arriva sur ces entrefaites, il salua son cousin, admira la croix destinée à la tombe de Floriane. Pierre prit congé, l'air malheureux, sans doute aurait-il voulu qu'Adi le retînt. Goupil lui fila un regard en coin. Elle était pâle, et tout à coup elle se mit à éternuer, plusieurs fois de suite. Sans doute avait-elle attrapé un rhume.

— Tu as raison, je me sens toute drôle et frileuse.

Goupil, pour sa part, pensait que ce rhume, elle l'avait attrapé une certaine nuit. Il ne devait pas faire chaud dans les ruines du vieux château, bien au-delà des fausses maisons des fées où la neige et le givre tissaient la trame d'un décor d'une mortelle féerie.

Adeline et Goupil avaient dîné, avec toujours ce secret entre eux, et lui, il la regardait et se disait que leur princesse était devenue la bonne amie d'un hors-la-loi suite à un coup de folie, un coup de foudre sur fond de neige.

À présent, tandis qu'elle remettait de l'ordre dans la salle, Goupil tournait en rond, il ne savait plus quoi entreprendre. Adeline lâcha le balai et annonça qu'elle avait décidé de trier les affaires de Floriane, pourrait-il l'aider ? Bien sûr, Goupil dit oui, et les voilà partis dans la grande chambre de celle qui donnait une âme à la maison.

Ils ouvrirent l'armoire, en inventorièrent le contenu, vidèrent les tiroirs de la commode, sortirent des cartons du placard.

— Tu ne sais pas où est son chapelet, Goupil ?

— Que si ! On l'a mis entre ses mains, pour l'enterrer avec. Il ne la quittait guère, vous savez, demoiselle. Elle l'avait toujours au fond de sa poche, elle le prenait parfois, faisait glisser les grains. Ses lèvres bougeaient à peine, mais je savais qu'elle priait.

Adeline poussa une exclamation. Elle venait de retrouver un missel enluminé. Celui où Floriane lui faisait lire des psaumes et des versets. Elle se mit à pleurer. Lui aussi. Lui qui ne pouvait pas lire dans le « livre de messe » de Floriane, mais qui en regardait avec respect les enluminures. Ah ! Ils avaient l'air fin, le nez rouge, les yeux larmoyants, dans la chambre de celle qu'ils avaient aimée tous les deux à leur manière. Pourtant, la profondeur, la vérité de leur chagrin les sauvaient du ridicule.

— Elle me manque, avoua Goupil. Oh oui ! Comme elle me manque, Floriane ! Elle s'est montrée si bonne pour moi, elle a été toute ma famille avec Pierre, depuis que j'ai perdu la mienne.

Et toi aussi tu représentais ma famille, princesse lointaine ! pensa Goupil, mais il ne le dit pas.

— Elle te manque, oui, je sais, répéta Adeline en écho.

Comme si elle pouvait savoir.

L'après-midi s'écoula vite, occupée par les rangements. Ils se couchèrent tôt, ils n'avaient pas parlé du « Loup ». À quoi bon ! Blotti sous l'édredon, Goupil essaya de se raconter des histoires. De celles qui finissent bien. Et il se persuadait que celle d'Adi et du « Loup » c'était fini avant d'avoir commencé. Le « Loup » n'était pas fou, il ne reparaîtrait pas, les rets de l'amour sont plus dangereux que les pièges de la police.

Mais en cela Goupil s'était trompé. Il entendit gratter à la porte, et ce n'était pas le vent qui grondait dans la cheminée, le vent qui rugissait et s'époumonait en soulevant de la poussière de neige dans la ruette. Et tandis qu'entrait dans leur maison l'intrus, le voleur de princesse, il se fit tout petit, il redevint le gars de douze, treize ans que Floriane appelait Thomas. Goupil, c'était pour ceux qui ne soupçonnaient pas la tendresse que contenait son cœur sauvage.

Personne ne l'appellerait plus jamais Thomas.

Goupil perçut des chuchotements qui montaient vers la soupente, et il se boucha les oreilles. À présent, pour s'endormir, il se racontait les récits de Floriane, et c'était drôle, les héros disparaissaient pour faire place à un seul, qu'il aurait voulu détester et qu'il admirait à son corps défendant : un individu masqué, auréolé déjà par toute une légende populaire. Et c'était vraiment incroyable de se dire que ce hors-la-loi se trouvait sous leur toit, chez Floriane.

L'imprudent ! C'était un coup à se faire prendre au piège.

Goupil eut un vertige, il serait tombé s'il n'était pas déjà couché. Il venait de réaliser que de lui seul dépendait le sort d'un homme. Il aurait juste à se lever, à passer son pantalon et son paletot, à chausser ses bottes pour courir chez Pierre et lui crier : « Le hors-la-loi, le coupeur de bourses, il est là, il est chez nous, dans le lit de notre princesse et c'est un beau salaud. Nous, les petites gens, on l'admirait, mais un qui vient prendre nos femmes, on ne peut pas laisser faire ! »

Mais Pierre, lui, même malade d'amour, ne le dénoncerait pas. Ce n'était pas son genre, et il aurait même été capable d'aider ce brigand qui ne faisait pas de mal aux personnes, tous ces pauvres gens qui trouvaient parfois à leur porte, un matin, de la part du justicier mystérieux, un petit sac contenant des espèces sonnantes et trébuchantes.

Goupil se demanda si, cette nuit, le « Loup » était arrivé masqué, si Adi découvrirait enfin son visage et si elle persuaderait le hors-la-loi de mettre un terme à ses curieuses activités. Lui avouerait-elle qu'elle souffrait le martyre en l'imaginant en prison et pire ! Mais si le « Loup » l'écoutait, que se passerait-il ? Le « Loup » n'irait pas se rendre tout de même à la police, la justice est parfois aveugle, et souvent borgne ; on ne ferait pas de quartier pour celui qui croyait œuvrer pour une juste cause ! En fait, estima Goupil, il suffirait au

« Loup » de changer de vie puisque personne ne connaissait son identité.

Goupil avait fini par s'endormir. D'abord, il fit un cauchemar. Il s'agissait d'un loup blessé qu'un renard, étrangement, essayait de sauver. Puis Goupil rêva qu'il était devenu à son tour un de ces justiciers qui vengent le pauvre monde de la tyrannie des puissants et de la morgue des trop nantis. Quel sentiment de fierté cette certitude lui prodiguait ! Il prenait tellement de risques, la mort lui était promise, mais la récompense était là : lui, Goupil le Justicier, il serrait entre ses bras une femme en chemise pour laquelle il délirait d'amour et de désir.

Il se réveilla dans son lit, étreignant l'oreiller. Frustré, et pourtant étrangement soulagé de n'être que Goupil, tout simplement, il se remémora les événements extraordinaires qui troublaient sa vie depuis qu'Adeline était de retour.

Mais, le jour qui vint fut un jour comme un autre, et d'autres jours tous semblables lui succédèrent. Le brigand bien-aimé ne reparut pas. Adeline l'attendait, c'était évident, mais qu'espérait-elle de cette histoire, sacrebleu ! Rien de durable, en tout cas, elle aurait dû comprendre.

De son côté, Goupil, pour échapper à ce cauchemar éveillé, se raccrochait aux réalités quotidiennes. Il tirait des plans pour l'année qui allait commencer. Il ruminait la façon dont il gérerait l'alimentation des chèvres. Il les lâcherait sans doute dans les châtaigneraies pour nettoyer le sous-bois. Le garçon espérait que la saison serait bonne, qu'il pleuvrait juste ce qu'il faut, que les arbres anciens – ceux dont le tronc était si développé qu'il aurait fallu dix enfants en train de faire la ronde pour les enlacer – n'attraperaient pas le chancre comme ceux de Matthias, un paysan de Vesseaux.

La semaine qui venait, à Saint-Pierreville, allait se tenir un marché important. Goupil s'y rendrait avec le surplus des châtaignes destinées à la vente, la presque totalité de la récolte ayant déjà été écoulée, achetée par des marchands de Privas, d'Aubenas et de La Bégude. Il faudrait aussi penser à toiletter les arbres, à les débarrasser des branches mortes et, surtout, il serait nécessaire, voire vital, d'envisager de replanter pour assurer l'avenir.

Mais qui représente l'avenir, sinon les enfants qu'on va faire, et Adi serait-t-elle mère un de ces jours ? Ce bien qu'il soignait comme le sien ne lui appartenait pas. Il travaillait pour la princesse, et si, d'aventure, il rencontrait une fille à son goût, il quitterait Combe-Verte pour un autre destin.

Une fille ? Marianne ? Oh non ! Même par consolation, il ne l'épouserait pas cette jolie chipie, il préférait rester garçon ou se faire moine, tiens donc ! Goupil étouffa un soupir, presque un sanglot. Il savait bien qu'il ne pourrait jamais s'éloigner des châtaigneraies de Floriane, loin de cette princesse qui lui avait brûlé l'âme et le cœur. Et, s'il le fallait, il resterait et servirait de valet à son époux, rien que pour le grand bonheur, le grand malheur, de vivre dans son ombre.

La nuit tombait vite, à peine avait-on le temps d'apercevoir le soleil, quand celui-ci voulait bien briller, et même dans ce cas, il traversait en un clin d'œil les journées écourtées. Le solstice d'hiver, Noël et le Jour de l'An étaient passés pourtant, et l'on disait qu'à la Sainte-Luce les jours grandissent du saut d'une puce ! C'était mieux que rien. Il n'avait pas vraiment fait mauvais temps, quand on comparait avec les saisons précédentes, alors que novembre et décembre annonçaient le pire. Et la neige n'était pas épaisse, si bien que tous les chemins restaient praticables en ce moment.

Tout n'était pas gagné pour autant, il restait février, le redoutable mois de février, et mars qui ne valait guère mieux, chez eux. Même après, dans le haut-pays, la saison pouvait réserver de mauvaises surprises. Combien de fois la neige dite du coucou – et prétendue la dernière, car elle arrive avec cet oiseau du printemps – avait glacé dangereusement la campagne et anéanti les espoirs d'avril. Et même, au mois de mai, autour du quinze, on avait vu geler la terre sous la neige.

Goupil était allé dire bonjour à Pierre. Ils parlèrent de tout et de rien, et aussi du « Loup » qui se tenait tranquille en ce moment, et la police semblait avoir ralenti ses recherches. Goupil se félicita de ses dons de comédien. Tout ça pour elle, pour Adi.

Il se rendit ensuite chez les Moutier, après avoir quitté Pierre qui avait de l'ouvrage en retard.

Marianne se trouvait dans l'étable, elle avait attaché la queue des vaches à leur jarret avec un lien, pour traire plus commodément. Goupil regardait le lait qui giclait dans le seau. Marianne aussi évoqua le « Loup », regrettant qu'il ne fasse plus parler de lui en ce moment. La fille était déçue, comme en attente d'un nouvel épisode du feuilleton. Si elle avait deviné que lui, Goupil, savait tant de choses, elle ne l'aurait plus lâché.

Marianne supputait :

— Le « Loup » se fait oublier, sans doute, parce qu'il attend la grosse foire où tous les propriétaires fonciers vont acheter et vendre des bestiaux. À moins qu'il ne guette le printemps et ceux qui vont assister à la Passion, à Burzet.

La Passion, à Burzet, dans le bas-pays, c'était quelque chose ! Les gens venaient de loin pour ne rien perdre de cette semaine sainte aussi réaliste. Goupil y était allé maintes fois avec Floriane, pour une ou deux journées – et, dans ce cas, on couchait à l'auberge. Il n'y avait jamais moins de cinq mille visiteurs. Les gens du Bas-Vivarais, les « rayols » en costume comme les hommes des villes, se mêlaient à ceux de la Montagne et des hautes contrées – les padgets – roux comme des Celtes, roux comme lui, Goupil, qui venait de là-haut par son grand-père, encore plus haut que les châtaigneraies, là où le vent n'est même plus le vent mais une entité maligne.

Pour l'occasion, les « padgets » revêtaient leur pantalon à pont-levis et leur veste à queue. La procession des Pénitents commençait, sans les cloches, censées être hébergées à Rome chez le pape. Les crécelles tournaient, chacun brandissait un instrument de supplice impressionnant, des chants qui donnaient le frisson s'élevaient et la foule électrisée se massait tout le long de la montée vers le calvaire. Des individus costumés en soldats romains escortaient celui qui tenait le rôle de Jésus, il ne devait pas être à la noce, cet homme, et peut-être avait-il peur confusément que la ferveur dégénère – la fureur chevauche très vite les crêtes du fanatisme –, les instincts pourraient bien reprendre le dessus, et qui sait si on ne le crucifierait pas pour de bon ! Tiens, à la place de la fille qui incarnait Marie-Magdeleine, Goupil aurait bien vu Adi. Avec leur robe de soie et leurs dentelles, leurs cheveux sur les épaules, les Marie-Magdeleine occasionnelles suscitaient bien des désirs au sein de la semaine sainte. C'est qu'on les choisissait toujours jeunes, bien faites, et belles pendant qu'on y était !

Goupil rentra à la maison pour la soupe. Le vent hurlait, comme si souvent. Il cavalait sauvagement et tout ce tumulte énervait la princesse. Le garçon s'assit près du feu. Aussitôt, elle le tança, s'est-il lavé les mains, au moins, avait-il enfermé correctement les bêtes ?

Le garçon riposta. S'il était là, parbleu, c'est que ses tâches étaient terminées !

Adeline guettait. Quand le vent faisait grincer les volets, quand les tuiles émettaient ce frémissement particulier qui annonce déjà les grands froids, la jeune femme se précipitait vers la porte, mais elle ne trouvait dehors que la nuit. Goupil était écœuré par cette attitude. Ils finirent par passer à table. La soupe fut vite avalée, puis un bout de fromage, et une bolée de châtaignes – pour ne pas changer ! Et ils allèrent se coucher chacun de leur côté après un bonsoir malaisé.

Dans la nuit, Goupil fut réveillé par un drôle de bruit. Il sauta dans son pantalon et descendit voir, à la salle. Adeline était là, pieds nus, en chemise sous sa houppelande qui la protégeait du froid. Le feu couvait encore sous la cendre, mais la maison grelottait. D'abord, dans un geste machinal, Goupil ranima le feu et puis il interrogea Adeline qui tremblait comme une feuille d'automne. Elle dit qu'elle avait eu un cauchemar, un horrible cauchemar. Non, elle ne voulait pas raconter ! Goupil marmonna quelques mots d'apaisement, mais il se forçait, tout en se rappelant de sa première année ici, au pays des châtaignes. À l'époque, c'était lui qui hurlait la nuit. Adi n'était pas partie encore, alors parfois elle venait dans son lit, elle s'allongeait près de lui et pressait dans sa petite main sa main à lui, osseuse, déjà plus grande que la sienne, et elle lui chuchotait : « Allez, raconte ce vilain rêve, petit Goupil, et après tu l'oublieras ! »

Ce souvenir le troubla et l'adoucit, et il dit à son tour :

— Raconte ce vilain rêve !

Il avait pris la même intonation qu'Adeline naguère et elle s'y retrouva d'un coup, elle se souvint quand il était son petit frère, elle eut même un mince sourire.

— Tu sais Goupil, j'ai vu les pommiers qui bordent la ruette, ils étaient tout fleuris.

— Mais c'est un bon rêve, ça. Floriane assurait que les arbres en fleurs font de bons présages.

— Pas dans mon rêve à moi, laisse-moi finir. Les pommiers étaient donc fleuris et c'était le printemps. Grand-mère marchait entre cette double rangée floconneuse, elle était accompagnée d'un homme jeune. Ah ! devine donc qui c'était ?

— Moi, peut-être. Moi quand je serai plus vieux.

— Mais non, pas toi, riposta Adeline avec impatience.

— Alors, Pierre ?

— Non, non, tu n'y es pas du tout. Il s'agissait du « Loup », mon garçon. Et dans ce rêve, il n'était pas masqué.

— Vous l'avez vu sans masque, pour de vrai, la dernière fois ?

Adeline se troubla.

— Ma foi non, il n'est pas resté longtemps, je lui ai bien demandé de l'ôter mais…

— Mais il vous a dit que le moment n'était pas venu encore, c'est ça, et qu'il préférait que vous ignoriez pour le moment son identité. Il ne vous fait pas confiance.

Elle ne sut quoi répondre. Goupil avait touché juste.

— Pour en revenir à mon rêve, raconta-t-elle, à ce visage que je découvrais enfin et qui m'était familier… Il souriait, mélancolique. Grand-mère m'a dit : « Quand il marchait à visage découvert tu ne le regardais pas ; il se cache et tu le découvres ! Mais c'est trop tard, pauvre petite, je m'en vais l'emmener dans cet autre pays où je séjourne désormais ! » Qu'en dis-tu, Goupil ? C'est macabre.

— Ce que j'en dis ? C'est que vous allez prendre mal, comme ça, avec vos pieds glacés. Mettez au moins vos bas !

Adeline obéit. Quand elle souleva sa jupe, Goupil vit l'éclair blanc de ses jambes, fuseau gracile et charmant ; et il se rappela la fille déjà si belle qui entrait dans le torrent, de l'eau jusqu'aux cuisses, son cotillon relevé et noué à sa taille, sans se soucier d'un garçon de treize ans qui était touché par l'amour à jamais.

— Et alors ? À qui il ressemblait, votre loustic ?

— Je… À Pierre. J'ai voulu lui demander une explication et puis je me suis réveillée.

— Et maintenant il faut vous recoucher, tout ça vous travaille, Pierre, et ce drôle d'individu que le diable a mis sur votre route pour votre malheur !

— Le diable ? Pourquoi dis-tu cela, Goupil ? Et si c'était Notre Seigneur ? Pour que j'aide cet homme-là à revenir dans le droit chemin…

Goupil haussa les épaules. Dans la cheminée, le feu crevait. Adeline tremblait toujours. Le garçon la conduisit doucement à sa chambre. Elle brûlait de fièvre, ou bien c'était les nerfs qui la chauffaient, en tout cas c'était fou de se mettre dans un état pareil. Goupil avait interrogé la pendule avant de monter. Bientôt la cinquième heure après minuit. Pour lui, ça ne valait plus la peine de se recoucher. Adeline se glissa dans son lit, il la recouvrit de l'édredon avec des soins de mère, puis il retourna dans sa chambre, s'habilla chaudement et sortit.

La neige tombait à gros flocons, on aurait dit des papillons sur une toile noire que le vent ondulait. Goupil se sentit mal, c'était comme si Adi lui avait refilé sa peur, oui, la peur c'est contagieux, mais après tout il s'en fichait du « Loup » qui ressemblait à Pierre.

Oh, Pierre, Pierre ! Pourquoi ce besoin pressant de le voir, et tout de suite ! Ah ! Si seulement Adi pouvait le délier de sa promesse, s'il pouvait parler à son cousin de tout ce qui s'était passé la nuit où la princesse devait prendre la diligence et retourner définitivement à Paris !

Goupil tapa à la porte de la maison près de la forge, il cria :

— Ouvre, cousin ! Ouvre !

Mais rien ne bougea, est-ce que Pierre dormait si profondément ? Pourquoi le bougre n'avait-il pas su retenir la princesse autrefois ! Lui, il se serait résigné, il aurait fini par tomber gentiment amoureux de Marianne ou d'une autre, heureux du bonheur de Pierre avant tout.

Il avait les larmes aux yeux, Goupil, et il tapait encore, il martelait la porte de ses poings, si fort qu'il en avait mal aux os jusque dans les poignets. Toujours le silence. Il fit demi-tour, rentra à la maison, accablé par ce pressentiment qui touchait à Pierre. Dans la salle, Goupil eut la surprise de trouver Adeline. Elle n'était pas restée au lit, elle s'était calmée toute seule et, à la lueur de la lampe à pétrole, il vit son visage encore un peu rouge et gonflé, mais plus paisible. Elle avait entrepris d'allumer le feu et elle faisait réchauffer la soupe de la veille dans le chaudron pendu à la crémaillère. Très vite, un arôme riche s'en dégagea et Goupil se sentit un creux à l'estomac.

— Es-tu allé traire, Goupil ?

— Non. Je me suis rendu chez mon cousin, mais il ne m'a pas ouvert.

— C'est trop tôt, Pierre dort encore. Mais qu'allais-tu faire là-bas ? demanda-t-elle, méfiante.

— Rien de particulier. Je voulais lui dire bonjour.

Elle n'insista pas, s'activant dans la grande salle ; ils avaient une bonne heure d'avance sur leurs habitudes, mais elle ferait la sieste cet après-midi, et puis les journées se consumaient si vite en cette saison !

Mais, dans la matinée, lâchant les légumes qu'elle apprêtait, elle dit :

— Moi aussi j'ai envie de voir Pierre. Tu viens avec moi ?

— Oh, allez-y seule !

— Viens avec moi, Goupil. Je te le demande. N'es-tu pas comme mon petit frère ? Et un frère doit aider sa sœur.

Goupil frissonna. Où avait-elle pris ça, qu'il était son frère ? Pourtant, il céda, il était même touché de voir à quel point elle avait besoin de lui et combien elle lui faisait confiance. Le Goupil ! Il était assez malin pour deviner les états d'âme des autres, comme il savait interpréter les siens. Le garçon traça devant eux un chemin à la pelle, dans la neige qui ne cessait de s'amonceler. Les deux battants du grand portail de la forge étaient repoussés, mais à l'intérieur, pas de Pierre. Pourtant, le feu était enfin allumé et crépitait sous le manteau géant. Au passage, Adeline caressa le gros soufflet tout flasque qui servait à attiser le feu, et puis ils frappèrent à la porte de la maison, cette petite porte au fond qui communiquait avec la forge.

— Oui, j'arrive ! Oh ! C'est vous ?

La voix familière les avait rassurés, mais leur soulagement fut de courte durée.

Dans l'entrebâillement, Pierre passait sa tête brune aux boucles ébouriffées. Son visage était fatigué.

— Entrez !

Sa maison était plus chaude que les autres du hameau – à cause de la forge –, mais Adeline frissonna et regarda Goupil, troublé lui aussi. Oui, il avait une drôle de tête, Pierre, il n'était pas rasé, une barbe de plusieurs jours bleuissait ses joues et son menton. Le lit, dans l'alcôve, n'était pas défait, l'édredon était bien rebondi sur la couverture tirée, comme si le forgeron n'avait pas dormi chez lui.

— Tu n'étais pas chez toi ! lança Goupil accusateur. Je t'ai appelé à la fin de la nuit et personne n'a répondu.

— Pourquoi m'as-tu appelé, cousin ?

— Adeline était malade…

— Vraiment malade ?

— Oh ! Ça va mieux, Pierre, intervint la jeune femme. J'ai fait des cauchemars et ça m'a mise dans un état affreux.

— Toi aussi, Goupil, tu faisais des cauchemars quand tu étais gamin. C'était spectaculaire.

— Oui, oui, Pierre, éluda Goupil. Mais dis, où tu étais ?

— Oh ! quelque part dans la Montagne, mais je suis rentré avant la neige.

— Et que fabriquais-tu en pleine nuit dans la Montagne, par un temps pareil ? observa Adeline, pas contente du tout.

On avait l'impression que madame était jalouse ! Comme si elle avait le droit ! Voilà, ils l'avaient oublié, comme d'habitude. Il devenait transparent quand ces deux-là se trouvaient ensemble.

Pierre eut un mince sourire.

— Je n'ai donc pas le droit de découcher ?

— Ah ! c'est ça ! Tu as une bonne amie ! dit-elle comme on accuse.

— Et alors ? Je n'ai pas fait vœu de chasteté et toutes les femmes ne sont pas cruelles, précisa Pierre en coulant vers elle un regard de biais.

Goupil se sentait étrange, il y avait dans la scène quelque chose qui sonnait faux, mais quoi ? Pierre était bien trop mordu d'Adi pour s'être lancé dans une autre histoire d'amour. Mais il existait des amours qui ne concernaient que les corps, c'était comme pour lui, par exemple, quand il s'agaçait les sens avec Marianne. En tout cas,

Pierre n'avait pas l'air heureux, avec sa figure de Carême, et Adi, les yeux cernés, le teint blafard, elle était presque laide !

— Veux-tu me raconter ton rêve ? proposa Pierre tout à coup. Tu sais que je peux quelquefois les interpréter, comme le faisait mon grand-père.

— Ton grand-père avait aussi le don de lever le feu, de remettre les membres démis en place.

— Oui, bien sûr, mais je n'ai pas tout pris de ses dons. Raconte ton rêve, Adi !

— Non, ça n'en vaut pas la peine.

— Tant pis pour toi ! Pendant que tu faisais tes cauchemars bien au chaud dans ton lit, moi je peinais pour rentrer, dans la tempête. Tu n'as pas rêvé de moi, par hasard ?

— Non, répliqua-t-elle sèchement. (Oh ! la menteuse !) Tu as bien dit que tu es rentré avant la neige ?

— Avant qu'elle tombe vraiment, oui, mais le vent s'était levé et je n'étais pas à la noce !

Adeline remarqua avec aigreur :

— A-t-on idée de se rendre à un rendez-vous galant par un temps pareil !

Pour sa part, si le « Loup » lui avait ordonné de marcher des lieues dans la neige pour le rejoindre, elle serait partie tout de suite. Elle se demandait qui était cette femme que Pierre allait voir, et elle se demandait aussi pourquoi ça la chiffonnait à ce point.

Goupil se désintéressait apparemment de leurs répliques, amères comme des baies suries.

Le garçon annonça qu'il avait faim et allait casser une petite croûte.

— Restez donc dîner avec moi, c'est bientôt midi, proposa Pierre.

Adeline accepta. Goupil alla chercher du pain à la maison de Floriane – Pierre s'était laissé surprendre, il avait oublié le jour du four. Il revint aussitôt, comme s'il craignait de les laisser seuls un moment. Adi examinait d'un regard critique la poussière sur les meubles, son joli nez se fronçait, offensé par l'odeur désagréable émanant du baril où étaient tassés quelques morceaux de viande conservés dans du gros sel.

— Il manque une femme, ici, observa la princesse.

C'était une parole qui lui avait échappé et qui relançait le débat, mais Pierre dit simplement :

— Je sais !

Il étendit un bras, ouvrit la main comme s'il voulait toucher le visage d'Adeline, et, avec son regard baigné par une angoisse tendre, il posa une question.

Goupil surprit ce regard et en comprit le sens ! Le garçon se tourna vers Adeline. Elle n'avait pas bougé ni cillé. La main de Pierre était retombée comme un oiseau malade et, de l'autre, il tendait le pain à Adi. Lui, Goupil, le feu aux joues, coupa des tranches épaisses dans le jambon pendu aux solives. La neige dégringolait toujours et se cognait aux petits carreaux.

Chapitre 11

Il avait neigé tout le jour et encore la nuit, et le lendemain ça s'était calmé. À présent ils étaient coupés du reste du monde. Goupil déblaya devant la porte. Le ciel était pâle mais pur, enfin. On sentait tout à coup que les jours allaient rallonger. La terre devait frémir sous toute cette neige, cette neige qui faisait insister l'hiver. Et, cependant, le printemps était en marche inéluctablement.

Goupil respira à fond et passa une main nerveuse dans sa tignasse. Le matin naissant appliquait son nez rose à l'est, entre deux volcans érodés. Le garçon reprit sa pelle et s'activa.

Adi se montra nerveuse dès son réveil, elle était en proie à une excitation singulière, comme si elle se préparait à un rendez-vous qui ferait date dans sa vie. Son intuition féminine était en cause ! Elle décida même de varier leur ordinaire et ordonna à Goupil d'immoler un lapin. Qu'il choisisse, ma foi ! Il s'y résigna, sans gaieté de cœur, les lapins devenaient des copains à la longue, mais il fallait bien se nourrir. Adeline avait fait chauffer l'eau pour sa grande toilette de la semaine ; le baquet fumait et elle chassa Goupil hors de la maison.

Le garçon alla faire un tour à la forge. Il laissa passer le temps nécessaire et il rentra. Ça sentait bon dans la vieille demeure. Munie d'un seau de bois, Adi vidait le cuveau peu à peu, et l'eau tiède déversée à l'extérieur avait fait fondre la croûte de neige à certains endroits. La table était mise, il n'y aurait pas de châtaignes au menu, pour une fois. Goupil s'étonna, oh ! il ne se plaignait pas des châtaignes, il les appréciait. Ce n'était pas la Noël, on n'était rien qu'un jour de semaine, mais il y avait comme un éclat de fête sur la table. Cette fille savait sans doute ce qu'elle faisait !

L'estomac lesté d'un repas trop copieux, il eut du mal à s'endormir. Dans la nuit, le « Loup » était arrivé. Adeline avait dû lui offrir une part du repas dont ils n'étaient pas venus à bout, la veille.

Goupil avait entendu marcher, puis le lit grincer, et ensuite plus rien, et le lendemain, il trouva à la cuisine une Adi étrange qui chuchota :

— Tu sais, Goupil, je n'ai toujours pas vu son visage, dans le noir. Et il n'a pas voulu que j'allume la chandelle, comme s'il n'avait pas confiance. Tu te rends compte, ça ne peut pas durer comme ça !

Goupil était bien d'accord, mais ça ne le concernait plus, en tout cas il s'en persuadait.

Et la neige fondit, le printemps explosa avec une force inouïe, et les grands marchés de la région retrouvèrent leur affluence. Goupil dormait mal, à sentir Adi si près, elle ne parlait plus du « Loup » qu'elle n'avait pas revu depuis la nuit du festin, et parfois elle pleurait en cachette, mais lui, Goupil, il s'en apercevait toujours.

Ce soir, il sentait que le vent allait se déchaîner de nouveau, il l'écoutait psalmodier dans la cheminée avec sa voix obsédante et mélancolique, pareille à celle des « cabrettes » qui faisaient danser les filles autrefois, mais c'était une feinte, demain le vent rugirait.

Pourquoi Pierre ne prenait-il plus jamais son violon quand il passait les voir ?

Adi, d'une voix blanche, raconta à Goupil un autre de ses rêves. Elle marchait dans la neige épaisse du côté des « maisons des fées », elle était petite et un garçon de son âge lui donnait la main. Soudain, le garçon se mit à pleurer, et il disparut. À sa place, il y avait sur la neige une traînée de gouttes de sang.

Goupil la rassura, elle avait trop d'imagination, même et surtout quand elle dormait. Pendant le sommeil, l'esprit bat la campagne, ça ne voulait rien dire, tout ça ! Il sortit, fila à la forge. Le printemps était peut-être là, mais bon sang qu'il faisait froid ! Tiens ! Pierre avait encore découché. Le cousin avait dû profiter de la foire pour aller voir sa chérie. Qui pouvait-elle être, cette fille mystérieuse ? Les chevaux que Pierre avait sous sa garde n'étaient manifestement pas nourris depuis la veille. Goupil s'en occupa, remettant à plus tard d'être indigné. Il manquait un cheval ! ou bien rêvait-il, lui, tout éveillé ? Oui, il s'agissait du noir, un étalon. Pierre l'avait-il emprunté ? Son cousin avait toujours dit qu'il s'occupait des chevaux avec passion, mais qu'il ne savait guère les monter.

Perplexe et vaguement inquiet, Goupil regagna la maison. La neige tombait encore, la neige de printemps qui poudrait les premières foires et décourageait ceux qui habitaient trop loin et allaient à pied.

Au début de l'après-midi, le père Moutier vint les voir, tout excité.

— Eh ! Goupil ! M'selle Adeline ! La maréchaussée patrouille dans le coin. Des gendarmes, il y en partout qui se déploient, il y en a tout autour des ruines des maisons des fées et jusque chez nous, bientôt !

Adeline était devenue livide.

— Mais, que se passe-t-il ?

— Le « Loup » ! Le bandit de grand chemin s'est manifesté encore. Il a arrêté une voiture attelée où se trouvait un riche banquier et il a mis ce monsieur en joue avec un fusil comme ceux des Prussiens.

Goupil se rappelait. Un fusil comme ça, son oncle en possédait un, qu'il avait rapporté des combats, lui qui avait fait la guerre de 1870 et en était revenu estropié et malade, si bien qu'il n'avait pas vécu longtemps et n'avait même pas vu grandir son fils Pierre.

La vieille pétoire de l'oncle… Seigneur Dieu !

— Pierre… Pierre a un fusil comme ça, bredouilla Moutier qui était au courant, lui aussi.

— L'homme ? Il est blessé ? demanda Goupil pour détourner l'attention du fusil.

— Non. Le « Loup » tire rarement sur ses victimes, et puis cette vieille pétoire, elle ne marche peut-être plus. Il leur a demandé leur bourse, mais cette fois-ci le banquier et ceux qui se trouvaient avec lui ne se sont pas laissés intimider. Ils avaient des armes, eux aussi, et l'un d'eux a tiré. Le « Loup » a fui, les gendarmes sont sur sa piste. Il était à cheval, mais il a abandonné sa monture.

— Un étalon noir, murmura Goupil, la bouche sèche.

— Je crois, oui.

— Il s'est sauvé ? Mais dans quelle direction ?

— Vers les ruines. Il paraît que le « Loup » y a une cache dans une espèce de souterrain. Le « Loup »… Et si c'était Pierre ?

Le père Moutier raconta qu'une fois, pendant la nuit, il s'était rendu à l'écurie pour soulager un besoin naturel et pressant, et il avait constaté la disparition d'un de ses chevaux. Il avait eu comme un doute, parce que justement, Pierre n'en gardait aucun en pension à l'époque. Et le lendemain, le cheval se trouvait là, sagement, dans sa stalle, un peu fatigué comme s'il revenait d'une longue course, mais soigneusement étrillé et bouchonné. S'il avait pu parler ce bestiau, ma foi, il en aurait raconté des choses, et c'était précisément une nuit où le « Loup » avait fait parler de lui.

— Non, non, pas Pierre, s'il a pris un cheval c'est pour aller voir sa bonne amie.

— Une bonne amie bien mystérieuse, dont personne n'a entendu parler.

Goupil avait l'impression que le ciel lui tombait sur la tête, comme le craignaient ses ancêtres du haut plateau. Il glissa un regard vers Adi, puis vers Marianne, tout excitée, elle, par l'aventure. Finalement Goupil entraîna Adeline, et les voilà tous les deux devant la maison de Floriane.

La jeune femme regardait les flaques qui se brisaient sous l'action du dégel. Elle avait l'impression que les talus encore poudrés de blanc s'élevaient jusqu'au ciel et y formaient des nuages.

Ils rentrèrent. Un petit sanglot rageur s'étrangla dans la gorge d'Adeline.

— Alors, ce serait Pierre... Oh ! Ce n'est pas possible.

— Je ne sais pas, demoiselle.

— Est-ce qu'il est vivant encore, dis, Goupil ?

Comment le savoir... Il avait le cœur fendu, lui aussi, comme par un coup de hache.

— Je m'en vais prendre l'air, dit-il brusquement, j'étouffe !

Adi hocha la tête, elle ne le retint pas.

Goupil avait occupé les heures il ne savait trop comment. Finalement, il se rendit chez les Moutier qui parlaient bien sûr de l'affaire. Juré, oui, sur la Sainte Bible, ils ne diraient rien des soupçons qui avaient traversé leur esprit : le « Loup » égale Pierre. Parce qu'après tout, les soupçons ne prouvaient rien, et les braves gens espéraient encore une explication logique à l'absence de Pierre et à son comportement, puisqu'ils n'avaient pas vraiment de preuves.

Assis au bout du banc, tandis que la femme Moutier s'activait, le garçon écoutait Moutier en frissonnant. Il aurait voulu se lever et agir, mais il se sentait retenu dans la salle au plafond noir barré de grosses poutres même pas équarries et prises dans des arbres entiers. Il laissait ses pensées tourner en rond comme un chat qui court après sa queue. Marianne essaya de le distraire.

— Viens-t'en avec moi à l'étable, après tout, on n'est sûr de rien. Pierre va arriver et nous dire ce qu'il en est, on lui aura volé sa vieille pétoire, et pour le cheval, eh bien ! c'était en effet pour aller visiter sa mystérieuse bonne amie !

Oh oui ! comme se serait bien, si c'était l'explication ! Goupil, tourné vers la fenêtre basse, regarda un groupe d'enfants qui partaient vers l'école du village, à plusieurs lieues d'ici. Depuis que M. Jules Ferry avait décrété qu'elle était ouverte à tous, les petits paysans s'y rendaient, certains en traînant les pieds, oh ! mais jamais quand l'ouvrage pressait, ni l'hiver quand la neige bloquait les chemins. Le début du printemps était la saison idéale, quand on avait fini de semer.

Goupil n'enviait pas ces enfants. Il savait bien ce qui se passait à l'école. L'instituteur avait deux manies, il ne voulait plus qu'on parle le patois, et puis il exigeait des mains et même des pieds impeccables. Chaque lundi, il faisait l'inspection, parce que l'on était censé se laver le dimanche. Lui, Goupil, il avait un truc, il ne se lavait que le pied droit, parce que l'instituteur ne demandait que ce pied-là quand il vérifiait. Goupil avait eu le tort d'en parler aux copains. Aïe aïe ! Le jour où le maître alerté par les rumeurs et les ricanements comprit l'astuce, Goupil ne fut pas à la noce ! L'instituteur demanda à voir les deux pieds. Non, Goupil n'oublierait jamais la figure que le maître avait eue en regardant son pied droit tout blanc et son pied gauche crasseux, posé à côté de ses sabots. Il avait eu droit à dix coups de règle sur les doigts. Il aurait été plus logique que la punition tombe sur les orteils, mais le maître n'était pas logique, et depuis ce jour Goupil avait pris l'école en horreur et personne, même pas Floriane, n'avait pu le persuader d'y retourner. Personne n'avait jamais pu le retenir assez longtemps sur un banc ou un tabouret pour qu'il épelle ses lettres. Il ne saurait jamais lire parce qu'Adi, à présent, allait repartir, Pierre croupirait en prison et lui il resterait seul. Oh ! bien sûr il y aurait les Moutier, mais les Moutier n'étaient pas sa famille, la famille de cœur qu'il s'était choisie avec Floriane et Adi, et sa famille de sang avec Pierre.

Le garçon fut pris d'un fou rire nerveux en se remémorant l'épisode des pieds. Un fou rire entrecoupé de sanglots. Alors il se sauva, Marianne derrière lui.

— Va, pleure un bon coup, après tu te sentiras mieux, dit la fille, compréhensive.

Il craqua, il sanglota à petits coups, comme un bambin. Marianne le prit par la main et l'entraîna près de l'enclos aux poules, où ils ne risquaient pas d'être dérangés. Elle le fit asseoir sur un sac d'avoine, lui caressa les cheveux.

— Pauvre ! Va, tu l'aimes bien, Pierre, et cette affaire te tourneboule, mais on n'a pas encore la preuve que c'est lui ! Reprends courage !

Marianne risqua un petit baiser sur la tête éplorée. Le « Loup », Pierre… C'était bien romanesque, mais après tout ça ne la concernait pas. Quand même… Ce Pierre, elle l'avait toujours trouvé bizarre, pour ne pas dire suspect. Déjà, avec l'hérédité qu'il charriait, ce grand-père à moitié sorcier… moitié ange moitié diable… Faut pas trop toucher à ces domaines-là, on ne sait pas où ça s'arrête.

La fille déposa un second baiser sur le front de ce garçon qui lui plaisait bien, mais qu'elle n'épouserait pas. Elle avait jeté son dévolu sur un du bas-pays où la vie est plus facile, où les arbres fleurissent dès la fin du mois de mars, où la neige n'est qu'un effleurement de papillon, pas cette calamité blanche. Mais Goupil restait insensible, il ne se rendait même pas compte. Il se dressa brusquement, la quitta, marmottant quelques mots. Marianne eut pitié, elle n'hésita plus et l'appela :

— Écoute, si c'est Pierre, on peut l'aider, et s'il est caché dans les ruines, nous, on peut lui porter secours.

— Tu crois, Marianne ?

— Oui. Et tu aurais dû y penser tout seul. Viens, on va en parler à Adi.

Laissant Marianne à la porte de la maison, Goupil trouva la princesse dans une pose de mendiante, accroupie devant le feu, amorphe.

— J'étais avec Marianne, on a parlé de Pierre. Si c'est lui… Mais j'espère encore que ce n'est pas lui… Tout de même, si je me trompais… On pourrait l'aider, surtout s'il est blessé.

Adeline se dressa brusquement :

— Tu as parlé du « Loup » avec ta petite amie ?

— Eh bien, où est le mal ? Tout le monde en parle.

— Ce n'est pas ça que je veux dire… Tu ne lui as pas raconté que le « Loup » et moi…

— Pour qui vous me prenez ! s'offusqua Goupil. Alors, que fait-on ? S'il s'agit de Pierre, on ne peut pas le laisser comme ça. C'est mon cousin. C'est votre ancien fiancé, demoiselle. Marianne connaît bien le coin. Mieux que moi. Elle est restée longtemps chez sa grand-mère, qui habitait le hameau le plus proche des ruines.

— Oui, il faut faire quelque chose. Mais si nous tombons sur le « Loup » et qu'il ne soit pas Pierre…

— Nous l'aiderons tout de même, vous par amour de lui, nous par compassion. Ce n'est pas un bandit ordinaire.

— Je me prépare, va dire à Marianne que c'est d'accord.

Ils partirent tous les trois, chaudement vêtus, avec des provisions et de la charpie, au cas où…

— Derrière les restes du corps du logis, expliqua Marianne, il y a un bois et à l'orée tout un fouillis d'arbustes.

— Je me rappelle, oui, dit la princesse. J'y suis venue une fois avec Pierre. Nous appelions cet endroit le royaume des fougères.

Ils marchèrent un long moment dans la neige qui fondait et rendait les sentiers boueux. Un frisson vert entourait les arbres qui renaissaient à la vie. Le ciel était d'un bleu sublime. Le sentier se mit à grimper. Marianne était fatiguée, elle regrettait de s'être embarquée dans cette histoire qui ne la regardait pas, pour les beaux yeux de ce Goupil qui restait insensible à ses charmes.

Cet endroit était si étrange ! Des forces redoutables y demeuraient tapies depuis la nuit des temps. La fille considéra peureusement les ruines lugubres qui se détachaient sur le bel azur. Ces vieilles pierres en avaient vu, des drames, des horreurs, au temps où protestants et catholiques se faisaient la guerre au nom d'un Dieu qui se moquait bien de tout ça ! À présent il fallait escalader des rochers, c'était dur pour des muscles de demoiselle. Goupil les aida, à tour de rôle. Enfin, ils touchèrent au but, essoufflés et suants malgré la burle qui soufflait ici jour et nuit, aurait-on dit.

— Là ! cria Marianne qui avait de bons yeux. Regardez !

Sur un coin de rocher, ils distinguèrent des traces brunâtres : du sang coagulé. Comme Marianne, Goupil comprit tout de suite, mais

Adeline voulait croire encore qu'il s'agissait de tout autre chose, une bête blessée était peut-être passée par là.

Goupil lui sourit avec compassion ; puis, soucieux, il examina le paysage sévère en partie composé d'éboulis rocheux, étalé à leurs pieds dans le cercle des sucs – ces dômes volcaniques.

Adi s'était reprise un peu.

— Goupil… Il m'a amenée là, cette nuit où je suis partie avec lui, chuchota la jeune femme, gênée par la présence de Marianne. Il y a une cache. Mais nous ne sommes pas entrés par le haut.

Marianne était dotée de bons yeux mais aussi de bonnes oreilles et, en plus, comme elle n'avait pas sa langue dans sa poche, elle n'y tient plus et déclara :

— Allons, Adi, inutile de se leurrer, vous savez vous aussi que le « Loup », c'est Pierre !

Adeline soupira. Elle trouvait plus simple d'acquiescer, elle ne pouvait pas expliquer que Pierre faisait du dédoublement de personnalité, et qu'elle, aimant bien son ami d'enfance, était folle de celui qui lui ressemblait par la silhouette, la voix et la taille, mais qu'elle croyait tout autre.

— Je crois qu'il faut accepter l'évidence, dit simplement Adi.

Goupil se tourna vers Marianne.

— Garde ta langue, ordonna le garçon d'un ton qui menaçait, et son amie acquiesça. Surtout qu'elle ne voulait pas d'histoire, elle aussi devenait complice dans cette affaire.

Ils avaient fait le tour des ruines, et ce n'était pas rien avec les rochers et la neige. À présent, il fallait redescendre un peu. Adeline se repérait, bien qu'elle n'ait pas vu grand-chose pendant la fameuse nuit où elle était venue ici. Elle répétait sans cesse, les larmes aux yeux : « Il est blessé, il a besoin de moi, nous devons le retrouver et l'aider ! »

— On le retrouvera, demoiselle ! promit Marianne.

Adeline regarda cette jeune fille ; son visage rond arborait une expression à la fois naïve et rusée.

Goupil, lui, regardait Adeline. La princesse serrait les poings, comme pour taper sur les gendarmes s'ils s'avisaient de se montrer. Elle fixait le ciel, assombri un instant par un vol de corbeaux qui regagnaient leurs nids dans les arbres géants tout autour des ruines. L'air piquait comme une brassée d'orties. Le soleil avait tourné, il passait derrière les vieilles pierres et le ciel ardent saignait sur un pan de murailles encore debout.

Tout ce rouge lui rappelait la couleur du sang, le sang du « Loup » –, le sang de Pierre.

Goupil prit Marianne par une main, Adi de l'autre, et ils descendirent lentement le versant nord si difficile. Ils se retenaient aux branches des petits pins rabougris, butaient dans les pierres aux arêtes coupantes. Ils aboutirent enfin dans l'ancienne fosse. L'eau avait été déviée par les hasards de la géologie. Il régnait à cet endroit toute une jungle d'arbustes, et le fameux souterrain dont l'entrée ressemblait à une grotte y débouchait.

C'était là, Adeline en était certaine, puisque le cheval avait pu passer.

Un rayon de soleil, le dernier, les éblouit avant l'obscurité. Adeline frissonna quand Goupil alluma la lampe à huile qu'il avait emportée. La mèche grésilla et la flamme vacilla. La faible lueur les éclairait à peine. Ils avançaient, guère rassurés. Si les gendarmes revenaient ? Adeline pensait à Pierre, elle pensait au « Loup ». Son amant et son ami d'enfance ne formaient donc qu'un seul homme ! Aucun n'existait vraiment. En somme, ils l'avaient trompée tous les deux.

— Nous n'y arriverons pas ce soir, regretta Goupil, c'est dangereux pour nous. Il faut arrêter, bientôt il fera trop sombre.

Adi l'admit, la mort dans l'âme.

Déjà, Marianne les entraînait.

Le retour fut long et sans gloire.

Chapitre 12

Tout dormait, hommes et bêtes, au hameau de Maubec, lieu-dit de Combe-Verte. Marianne promit, avant de rentrer chez elle en catimini :

— Ayez pas peur, je parlerai pas !

Adeline haussa les épaules, comme si tout lui indifférait.

Après le départ de Marianne, Goupil la regarda :

— J'ai pensé à quelque chose... C'est pour ça que je n'ai pas trop insisté pour que nous poursuivions les recherches dans les ruines. Nous devrions aller voir à la forge.

— Mais il n'y a personne là-bas, tu le sais bien.

— J'ai une idée, répéta Goupil. C'est bête qu'elle ne me soit pas venue plus tôt à l'esprit. Venez avec moi. Faites-moi confiance.

Elle le suivit comme une somnambule, se demandant si les gendarmes étaient passés pendant leur absence. Tout était noir, pas de feu sous le manteau, rien sur l'établi, et l'enclume muette : un spectacle désolant pour leurs yeux fatigués.

Goupil se rapprocha du mur du fond.

— Je crois qu'il y a quelque chose, là. Une fois, Pierre m'en a parlé, oh ! je n'ai pas bien fait attention, mais on doit pouvoir trouver.

Adeline tressaillit. Des souvenirs vagues lui revenaient. Et tout à coup elle s'écria :

— Tu as raison, Goupil ! Déplace l'étau et les brochoirs. Autrefois... Il y a très longtemps, j'étais toute petite... J'ai vu le père de Pierre passer par la muraille.

Il était donc possible qu'il existe une sorte de réduit désaffecté communiquant avec la forge. En effet, quand tout fut déblayé, une petite porte basse apparut.

— Des gens se cachaient là pendant les guerres de religion ! observa Adeline.

— Eh bé ! commenta simplement Goupil.

Il avait trouvé des outils et joua les passe-murailles. La serrure lâcha, la porte céda. Il fallut se pencher pour voir l'intérieur du réduit. Goupil braqua la lampe qu'Adeline avait rallumée. Sa faible clarté mit en émoi des colonies d'araignées, dévoila un grabat et dessus une forme... Lui, le « loup » ! Ou Pierre.

Adeline s'avança, s'agenouilla. Goupil aussi. Le jeune homme était allongé, enveloppé dans la grande cape du « Loup ». Le masque grossier découpé dans un large morceau de cuir se trouvait à côté de lui. Adeline écarta la cape. Du sang maculait l'épaule de Pierre. La manche de sa chemise était déchirée.

— Il est mort ! s'exclama-t-elle avec un cri de désespoir.

— Mais non, dit Goupil, il respire.

Adeline se reprit et alla chercher de l'eau bouillie. Goupil l'aida à découper la manche de la chemise. Ils constatèrent que la balle n'était pas restée dans les chairs, mais ce n'était pas beau à voir et ça recommençait à saigner. Adeline nettoya la plaie et, sans émerger de sa torpeur, Pierre se manifesta avec des gémissements démontrant qu'il était bien vivant. Adeline lui banda l'épaule, elle faisait preuve d'un sang-froid qui l'étonnait elle-même.

— L'hémorragie a cessé, Goupil. La bande reste nette.

Elle appliqua sa main sur le front de Pierre qui brûlait de fièvre.

— Si grand-mère était là, elle saurait quoi faire.

— On peut déjà le faire boire, il y a des tisanes qui font baisser la fièvre, Floriane en préparait, et quand elle était très malade, elle en absorbait. Il faudrait que j'aille m'en procurer chez la Fanette !

— La femme aux herbes n'a pas pu empêcher grand-mère de mourir, à ce que tu m'as dit !

— Parce qu'il était l'heure pour Floriane. Mais peut-être pas encore pour Pierre.

Adeline se souvint de sa dernière rencontre avec l'étrange femme et ses curieuses prédictions. Alors, elle, Adi, serait celle qui avait rendu fou le pauvre Pierre ? Quelle responsabilité, quelle culpabilité elle allait traîner, désormais !

— Veille-le, Goupil ! pria-t-elle. Je vais aller voir cette femme.

De nuit, ce n'était pas facile, mais, par chance, la neige avait fondu là-haut, il faisait doux, dans l'air rodaient des parfums de fleurs, c'était presque un temps pour les amoureux. Après le cimetière, quand on entrait dans un certain chemin creusé d'ornières, une brume légère flottait qui prenait la forme de haillons ou d'étranges silhouettes.

Brusquement, Adeline n'y vit plus rien, pas une étoile au ciel. Elle appela. Une voix qui semblait venir de nulle part lui commanda d'entrer. Entrer où ? Elle allongea un bras et sa main rencontra le bois dur d'une porte qui céda. Elle entra, comme on lui ordonna. Un feu rougeoyait dans l'âtre, la femme en chemise était enveloppée d'un grand châle ; elle avait épluché des châtaignes et s'apprêtait à aller se coucher.

L'inquiétant regard de la Fanette traversa Adeline.

— Ne crains rien. Et cesse de te sentir coupable.

Cette phrase-là, comme c'était étrange... Elle devinait donc tout, la femme aux herbes, la femme qui avait un œil bleu, un œil vert.

— Approche !

Adeline obéit. La femme se concentra, puis elle prit une inspiration profonde.

— Je vois, dit-elle, je vois. Tu es déjà sur le bon chemin. Quant à lui, il s'en va, il quitte ta vie, il a beaucoup souffert, il souffrira encore, mais tel est son destin et tu n'y pouvais rien.

La Fanette haussa les épaules, comme si tout cela n'avait plus aucune importance.

— Tu viens chercher un remède ? Le voici. Mais avant, réconforte-toi. Je ne suis pas ton ennemie. Je te prédis un enfant, une fille, qui ressemblera à ta grand-mère.

— Vous lisez donc l'avenir, et si loin ?

— J'ai des images qui passent, répondit simplement la Fanette. Elles concernent aussi bien le passé que le futur. C'est comme pour les rêves de la nuit. Pour ces images de prédiction, la barrière du temps est levée.

— Cette fille... Est-ce que je l'aurai avec Pierre ?

La femme ne répondit pas. Elle disposa les plantes dans un petit sac en toile, tandis que le feu se ranimait, tout seul on aurait dit. Au creux du fauteuil berçant où la Fanette l'avait installée, Adeline se laissa aller. Il y avait un bol empli d'un liquide foncé et du pain devant elle sur la table. Elle mangea, elle but. Le breuvage avait un goût prononcé, épicé, étrange, et la fit un peu tousser, mais la chaleur était revenue dans son corps glacé.

— Va à présent, dit la femme aux herbes. Fais ce qu'il faut, mais accepte ce qui viendra.

Adeline s'en retourna. Le trajet lui parut plus court, plus facile aussi. Elle s'arrêta à la maison et prépara la décoction préconisée par la Fanette. Elle en emporta une partie et rejoignit Goupil. Ils firent boire Pierre. Puis Goupil s'en alla pour se reposer, il reviendrait plus tard avec le reste du breuvage.

Adeline s'assit près de Pierre. Sa fatigue avait disparu. Pierre, oh ! Pierre ! Oh non, elle ne le dénoncerait pas, après tout personne ne savait qu'il avait endossé la défroque du « Loup », et le couple Moutier ne parlerait pas. Elle contempla les mains puissantes du forgeron, ces mains qui savaient si bien donner forme au fer. On aurait dit de grands oiseaux abattus.

C'étaient aussi les mains du « Loup », qui l'avaient caressée.

— Adi…

Pierre émergeait enfin de son obscurité. Il s'agita.

Adeline se pencha sur lui.

— Tout va bien, Pierre, personne ne sait où tu es, personne n'a fait le rapprochement, d'ailleurs.

Hormis les voisins, mais elle ne jugea pas nécessaire de l'inquiéter.

— Nous allons bien te soigner, Goupil et moi !

— Alors, tu as compris ?

— Bien sûr.

— Adi… L'étalon noir… Je lui ai rendu sa liberté quand j'ai compris que je ne pouvais pas tenir en selle…

— Dans ce cas, il reviendra ici, ne t'inquiète pas.

Épuisé par l'effort, Pierre retomba sur la paillasse. Elle caressa doucement ses cheveux. Elle l'aimait, voilà, elle l'aimait en « Loup » et en ami d'enfance. Elle avait oublié tous les salons blancs et dorés, les fêtes secrètes où des hommes comme Léon exhibaient leur maîtresse, un monde où le pouvoir, l'argent et le sexe font la loi. Elle avait oublié les piaffements des chevaux qui attendaient à la porte, les retours en calèche dans la nuit complice, oublié aussi son amant sanglé dans un habit trop neuf, avec son ventre qui rebondissait dans l'entrebâillement du gilet.

— Pourquoi, Pierre, pourquoi ?

— Je ne sais pas. C'était comme une folie. J'ai eu si mal quand tu es partie. Et puis il y a eu la mort de Floriane, ton retour, et tu es tombée amoureuse du « Loup », sans même connaître son visage. Ça me désespérait. Pourquoi le « Loup », pourquoi pas Pierre ? J'ai souffert encore quand je te parlais au grand jour, il fallait que je me montre fraternel, amical, et je me disais que ton ami Pierre, avec lequel tu as été fiancée, comptait bien peu pour toi, puisque tu regardais son visage sans t'apercevoir que ses yeux et sa bouche étaient ceux d'un bandit de grand chemin. C'est pour ça que la seconde fois j'ai gardé mon masque. Je voulais que tu comprennes toute seule.

Avec Goupil, elle le veilla toute la nuit, ensuite ils se relayèrent jusqu'au moment où la fièvre tomba, où la blessure commença à cicatriser.

L'étalon noir retrouva le chemin de l'écurie, et Pierre, en l'apprenant, fut soulagé.

Enfin, il put s'alimenter.

Ce fut alors qu'une grande rumeur courut dans la région, Marianne n'avait pas tenu sa langue, sans doute, ou bien il s'agissait de la mère Moutier, mais tout le monde savait à présent que le « Loup » et

Pierre ne formaient qu'un seul homme. Et, comme il fallait malheureusement s'y attendre, l'information arriva jusqu'à la police.

Goupil, la mort dans l'âme, dut se résoudre à avouer à son cousin ce qui se passait. Le matin suivant, Pierre n'était plus là, il était parti pour ne pas leur faire courir le moindre risque, il ne voulait pas qu'on les accusât de complicité. Lui qui savait lire et écrire, il avait laissé une lettre que la princesse découvrit, les larmes aux yeux. Ce qu'il y avait dedans, Goupil ne le saurait pas ; Adeline la brûla tout de suite après l'avoir lue.

Il se cacha huit jours, pendant que le printemps explosait. Une nuit, il plut, les branches des pommiers alourdies d'eau penchaient vers le sol détrempé. Il y avait du monde dans la ruelle : les nouvelles arrivaient, on avait arrêté Pierre dans le bas-pays.

Adeline et Goupil le revirent une fois au parloir de la prison, et cela grâce à ce monsieur député qu'elle avait fréquenté à Paris et à qui elle avait demandé d'intercéder pour elle.

Goupil, cette fois encore, la dernière, se sentit transparent, mais cette fois il en était content, et eux, ils se regardaient et se souriaient, comme si l'espoir était encore possible.

La princesse affirma :

— Je t'attendrai, Pierre, je t'attendrai, le temps qu'il faudra ! Ta peine sera légère, tu n'as jamais tué.

Hélas, un des gendarmes avait été blessé pendant sa capture et cela pèserait lourd dans la balance de la justice. Mais Pierre ne le lui avait pas dit. Il ne lui avait pas dit non plus que certains bandits de grand chemin, de ceux qui attaquaient les diligences, comme il l'avait fait, avaient été guillotinés.

— Je t'aime, Adi. Depuis qu'on est petits. Tu m'as quitté... Et malgré tout... J'ai été heureux, même sous la défroque du « Loup ».

Puis il regarda gravement Goupil :

— Petit cousin... Je te la confie !

Ils rentrèrent à Combe-Verte dans un état second. Adeline pleurait, Goupil ne disait rien, il regardait les montagnes, et une espèce de pressentiment mauvais lui étreignait le cœur.

Chapitre 13

Adeline resta au pays, elle reprit les rênes de la propriété. Goupil devint son bras droit. Lui, il s'était détaché de Marianne, cette fille n'était pas assez compliquée pour lui, c'était le genre de fille qui n'avait nul besoin qu'on se déguise en bandit de grand chemin pour lui plaire. Adeline écrivit à la prison, deux fois. Il n'y eut pas de réponse, puis on apprit que Pierre avait été condamné au bagne. Adeline continua à écrire, avec obstination. Tout le temps, elle s'accablait de reproches : si elle avait su l'aimer peut-être que Pierre n'aurait jamais joué à devenir le « Loup », et si elle avait deviné à temps, peut-être aurait-il arrêté tout de suite son jeu de dédoublement.

Goupil l'écoutait et supposait, comme elle, car qui peut savoir ? Monsieur le Curé trouvait que les juges s'étaient montrés bien sévères. Les gens du pays espéraient le revoir un jour. À présent, Adeline s'habillait tout simplement, elle revêtait sa pelisse bordée de fourrure uniquement les jours de neige ou quand la burle hululait. Est-ce que c'était le chagrin ? Elle paraissait encore plus belle qu'avant, Goupil trouvait.

La Noël approchait, et cette année encore ce serait triste. Parfois Adeline proposait :

— Viens marcher avec moi, Goupil ! Ça nous changera les idées.

Et ils marchaient. D'abord dans le village recroquevillé sur lui-même. Floriane disait que les maisons sont habitées à la fois par les vivants et par les ancêtres qui sont passés de l'autre côté de la vie. Ils étaient là, pourtant, à chaque coin de rue, ils vous accompagnaient dans votre labeur quotidien.

Ensuite, Goupil et Adeline s'en allaient dans les landes. Il y avait des noms de lieux donnés du temps des Celtes, et quand la brume traînait le soir sur les grandes pierres dressées, on croyait voir des druides officier sur les lieux sacrés où s'accomplissaient les rites.

Et puis, ils revenaient le long des châtaigneraies ; parfois même ils poussaient jusqu'aux « maisons des fées » de leur chère Floriane. Ils ne parlaient pas du « Loup », de celui qu'Adeline avait aimé trop tard. Elle lui écrivait toujours. Il ne répondait jamais. Goupil disait qu'on ne lui remettait pas les lettres. Alors elle pleurait, et pour la consoler il assurait que Pierre, à défaut, recevait certainement toutes leurs bonnes pensées.

C'est en janvier qu'ils apprirent la nouvelle. L'horrible nouvelle.

Le « Loup » était mort.

Et Pierre aussi, en même temps.

C'était sur le chemin du bagne. Il avait essayé de s'enfuir. Il fut abattu sans pitié.

Elle n'avait rien dit pendant des jours et des jours, et Goupil avait craint pour sa raison. Il s'était occupé de tout, de la maison, des bêtes.

Puis, un soir, elle proposa, comme avant :

— Tu m'accompagnes ? J'ai envie de marcher.

Ils descendirent jusqu'à cet endroit dans la campagne où le « Loup » l'avait trouvée un soir, enfouie dans un trou de neige, avec la cheville enflée. Goupil était attentif. Il devinait qu'Adeline était sur le point de parler, enfin. Le silence où elle s'enfermait depuis des semaines était devenu une intolérable prison.

— Thomas, est-ce que les âmes survivent après la mort, comme l'assure Monsieur le Curé ?

D'abord, il remarqua qu'elle ne l'avait pas appelé Goupil, mais qu'elle avait utilisé son nom de baptême. Il hocha la tête, il aurait voulu être un peu plus vieux et plus beau, il aurait voulu savoir s'exprimer comme Monsieur le Curé en chaire.

— Oui, et sûr, notre Pierre est près du Bon Dieu.

— Pierre. Le « Loup ». J'étais folle de lui, et en même temps c'était un autre que je recherchais à travers lui. Je ne sais plus qui je pleure, l'ami d'enfance ou le bandit de grand chemin.

— Un bandit… plutôt sympathique. Il n'a jamais fait du mal aux pauvres gens, bien au contraire.

Il se mit à neiger, l'hiver n'était pas terminé encore. Adeline secoua les flocons qui couvraient ses cheveux et elle serra la main de Goupil. Il lui sourit. Il se sentait grand, enfin, et meilleur. Il ne pouvait plus être jaloux d'un mort. Et puis ce qui était trouble en lui s'éclaircit enfin.

— Épouse-moi, dit-il. Qu'importe si tu ne m'aimes jamais comme tu l'as aimé !

Elle n'avait pas dit non. Elle hésita un peu quand même, parce qu'elle devait faire un choix, un choix difficile. La solitude et les souvenirs, ou se donner avec les souvenirs quand même. La vie était la plus forte, Adeline voulait vivre, elle rêvait d'une fille qui aurait les yeux de Floriane, et de trois ou quatre gars pour relever ce grand domaine qui manquait de bras, et, ma foi, Goupil était là, avec son amour qu'elle devinait mûri, et sa jeunesse et toute cette ardeur qui voulait se communiquer à elle.

Et Goupil emporta le oui et le premier baiser d'Adeline jusqu'à la châtaigneraie que le printemps courtisait. Déjà, ça et là, le paysage émergeait de la grisaille et de la pâleur hivernale, une touche de vert se posait ici, une autre de blanc par là et l'on découvrait même le doré des premières jonquilles, qui ondulaient au vent, par nappes. Goupil ne se sentait pas déloyal, il n'avait jamais cherché à détourner la princesse du « Loup », et avant, il souhaitait sans égoïsme lui voir épouser Pierre.

Avant l'été, ils se marieraient, et avant un an, c'était sûr, avec toute cette sève qui bouillonnait en lui, un enfant naîtrait. Peut-être bien qu'on l'appellerait Pierre, en second prénom. Pour le souvenir. Après tout Pierre était son cousin. Le cousin du pauvre gars qui travaillait chez Floriane. Et qui allait épouser la patronne. Goupil se disait qu'il avait de la chance, et pourtant il n'était pas meilleur qu'un autre, il était même plutôt retors, filou, mais gentiment.

Et Thomas Jolès, qui n'était plus Goupil pour Adeline, Thomas, qui devenait un homme pour elle, écoutait encore le vent, si malin, si bavard, et surtout si rapide, le vent qui disait des choses sans paroles que lui il comprenait et qui le bouleversaient, à s'en déchirer le cœur. Il pensait à la forge. Qui la reprendrait ? Un de leurs fils, peut-être.

Ils auraient des enfants, oui, la Fanette qu'il avait rencontrée l'autre jour avait posé sur lui son regard vert et bleu et lui avait dit gravement :

— Tu seras « presque » heureux, mon garçon, et la fille que vous aurez poussera bien.

Une fille, comme le souhaitait Adeline, et aussi des garçons, même si la Fanette n'en parlait pas. Il veillerait à procurer toujours le nécessaire à la Fanette, elle n'avait pas de fils, pas de famille et vivait des dons en nature apportés par ses pratiques.

Et elle avait été l'amie de Floriane.

Goupil arriva au bord des châtaigneraies. Il expliqua au vent qu'il était heureux, pas « presque », mais très, très heureux, à en sauter de joie.

Il était vivant, il avait l'avenir devant lui, et ce soir peut-être il ferait l'amour à Adi.

Et quand il l'aurait épousée, fort de ce qu'il aurait obtenu, il apprendrait enfin à lire et à écrire. Pour être vraiment le patron.

Il cria encore à tous les échos, il répéta qu'il était heureux, terriblement heureux, n'en déplût à Fanette.

Heureux, lui, Goupil.

Et pourtant, il pleurait.

Thomas.

Deuxième époque

Cœurs farouches

Chapitre 1

La foire dans le bas-pays durait plusieurs jours et, pour rien au monde, les habitants du Haut-Vivarais, en dépit de la distance, n'auraient manqué cette manifestation importante. Jean-Louis Villard s'y était rendu avec sa mère. En chemin, leur voisin, Thomas Jolès, et sa fille Élisa, montés chacun sur un cheval bai, les doublèrent. On se salua et on se souhaita bonne route.

Thomas Jolès, surnommé Goupil d'Ardèche, avait épousé sa bien-aimée Adeline. Pour elle, pour qu'elle oublie un peu un passé douloureux, il avait fait construire une belle maison de pierre au toit de schiste, sur les hauteurs de leur village, à l'orée des châtaigneraies, au lieu-dit les Balmes, loin du hameau de Combe-Verte et des souvenirs qui s'y rattachaient. Il avait loué la maison de Floriane Chastain, la grand-mère d'Adeline, loué aussi la forge héritée de son cousin Pierre. Les affaires prospéraient, il avait racheté la ferme du père Moutier à sa fille Marianne, quand son voisin était décédé. Il y avait placé des métayers.

Thomas était estimé et considéré, comme il n'avait jamais pensé l'être dans son enfance orpheline. Le bonheur l'avait rendu généreux. Il s'était occupé de la Fanette, la vieille femme aux herbes, jusqu'à la fin de sa vie, jusqu'au moment où elle avait fermé pour toujours son œil bleu, son œil vert. Il était de plus en plus épris d'Adeline. Elle était souvent mélancolique, mais elle se révélait une épouse aimante, et, dans le secret de leurs nuits, passionnée. Il était heureux, lui qui n'en demandait pas tant. Un garçon leur était né, qui n'avait hélas pas vécu, mais, l'année suivante, une fille était venue, solide, elle, comme l'avait prédit la Fanette. On l'avait baptisée Élisa. Et, en grandissant, elle ressemblait de plus en plus à son arrière-grand-mère, Floriane, un peu plus grande de taille, peut-être.

Le bonheur est fragile, il n'avait pas duré. Adeline se plaignait d'être souvent essoufflée, de ressentir une douleur dans le côté gauche, là où bat le cœur. Le médecin avait dit qu'elle devait se ménager. Mais la vie qu'elle menait était paisible, Thomas lui interdisant tout travail pénible. Pour la récolte des châtaignes, il embauchait des journaliers, et deux valets œuvraient sur la propriété. Adeline ne s'occupait que des comptes, qu'elle tenait avec lui, à qui elle avait confié la gestion de leurs biens.

Un soir, elle avait soupiré : « J'ai mal dans la poitrine, j'étouffe ! » Et puis elle était morte dans les bras de Thomas, au moment où il l'allongeait sur leur lit. C'était son cœur qui avait lâché, ce cœur trop malmené avec l'histoire dramatique de Pierre son ami d'enfance qui se cachait sous l'identité d'un bandit, le « Loup » !

Élisa avait treize ans. Thomas, jeune père, n'en avait que trente-six à l'époque. Son chagrin avait été immense, mais l'amour de sa fille l'avait tenu en vie. Il s'investissait dans le travail, un travail qui passionnait aussi son Élisa.

Et les années passèrent encore. La fille d'Adeline était devenue une jeune femme, toujours célibataire. Elle ne s'intéressait pas aux hommes, tout ça parce qu'elle était amoureuse, en secret.

La maison de Thomas Jolès, aux Balmes, était isolée, mais il y en avait une autre, bâtie sur ces hauteurs sauvages, beaucoup plus modeste, où vivaient une veuve et son fils Jean-Louis, leurs seuls voisins.

Élisa était amoureuse de Jean-Louis, qui l'avait compris mais qui agissait comme s'il ne s'en doutait pas.

Dès la veille, les visiteurs affluaient dans le bas-pays. Il en venait de toute la vallée du Rhône, et même de plus loin.

On trouvait de tout à la foire, et aussi des arracheurs de dents qui vous garantissaient une opération sans douleur. Ce qui n'était pas toujours le cas. Aussi, mieux valait conserver des dents saines le plus longtemps possible !

Sous les tentes bigarrées des étalages se pressaient les marchands forains qui y allaient tous de leur boniment. Les vendeurs de couteaux proposaient leurs marchandises offertes aux convoitises masculines dans de grands parapluies renversés. Les femmes s'attardaient du côté de la vaisselle, des étoffes et des colifichets.

Tête nue, Jean-Louis Villard regardait depuis un moment, et sans se lasser, s'écouler la foule grouillante. Il était sensible aux images pittoresques, aux couleurs, à ces tableaux pris sur le vif qui se formaient et se défaisaient sans cesse.

Le ciel était comme une toile bleue tendue au-dessus de la bourgade. Les chèvres, les porcs, les vaches et les moutons unissaient leurs clameurs pour composer une cacophonie dont les accents vous entraient dans la tête et vous secouaient la cervelle.

Jean-Louis s'étira et bâilla. Depuis leur départ des Balmes, il n'avait pas eu son compte de sommeil. S'arrachant à la fascination que le fleuve humain opérait sur lui, il interpella Delphine, sa mère.

Une fois de plus, l'Ardéchoise modifiait la disposition de ses pots de miel dispersés sur un grand torchon rayé, assise sur le grand sac qui avait contenu sa marchandise. Patiente, elle attendait le chaland.

Dans le soleil, la crinière de la femme, entre rousseur et blondeur, flamboyait et virait même au rouge, rappelant la tignasse de Thomas Jolès quand on le surnommait Goupil. Cette chevelure qu'elle teignait avec des mixtures de sa fabrication, du henné aussi peut-être, scandalisait les femmes de Combe-Verte, surtout celles de sa génération. Delphine avait la soixantaine, elle avait eu Jean-Louis sur le tard, il était le seul de ses nouveau-nés à avoir survécu. Aussi, en ce début du vingtième siècle, elle espérait qu'il n'y aurait pas de guerre, de conflit, de famine, qui lui arracheraient celui qu'elle appelait son bâton de vieillesse.

À cette époque, dès la cinquantaine, dans les campagnes et même ailleurs, une femme était vieille, mais Delphine n'abdiquait pas. Après le décès d'Adeline Jolès, elle avait apporté son soutien à l'orpheline de mère et au mari inconsolable, si bien qu'un jour, en dépit de la différence d'âge, elle avait réussi à l'attirer entre ses bras.

Thomas s'en était voulu, après ; il lui semblait trahir sa bien-aimée, mais la vie était là, avec ses exigences, et leur relation leur avait fait du bien à tous les deux.

Ils avaient recommencé, souvent, mais avec discrétion, toujours dans la nature ou cachés dans une borie au milieu des garennes. Car Thomas ne voulait pas que leurs enfants respectifs se doutent de quelque chose.

Aujourd'hui, ça arrivait encore quelquefois, mais plus rarement, il fallait bien qu'elle le reconnaisse, parce que leurs enfants avaient grandi et qu'il était plus difficile de leur dissimuler cette relation, mais aussi parce qu'elle vieillissait, en dépit de sa bonne forme, et qu'elle n'attirait plus beaucoup Thomas qui continuait néanmoins à l'estimer.

Delphine Villard ne faisait rien comme les autres. À vingt ans, beauté extravagante, esprit vif, intelligence aiguë, mais orpheline et sans dot, elle avait été engagée par une riche famille de la vallée en qualité de gouvernante des enfants. Delphine était issue d'une excellente lignée, implantée dans la cévenne ardéchoise. Ces gens avaient prospéré un temps dans la culture du ver à soie, avant de faire faillite. Elle avait reçu une éducation de demoiselle. Elle ne plaisait pas à tout le monde. Ne disait-elle pas que les gamins des pauvres devaient apprendre eux aussi à lire et à écrire, et bien sûr à compter, bien avant que la loi votée par Jules Ferry fût appliquée ! Et elle prétendait que les filles devaient être aussi bien considérées que les garçons.

Puis, elle avait rencontré celui qui allait devenir son mari, Joseph Villard, qui, lui, ne savait pas lire et ne désirait pas apprendre. Mais qu'importait ! Elle l'avait suivi aux Balmes, s'engageant avec fougue dans une vie d'amour, de chagrins et de pauvreté.

Delphine fouilla dans sa poche, en tira un paquet de tabac et des feuilles minces, puis commença à rouler une cigarette. Jean-Louis, qui avait pris son parti de ce qu'il appelait le vice de sa mère, lui présenta la mèche de son briquet. Un peu après, un nuage à l'odeur exécrable les enveloppa.

— Ah ! C'est bon ! soupira Delphine, après avoir tété goulûment sa cigarette informe.

Delphine qui fumait comme un homme avait appris à lire à son fils, bien avant qu'il fréquente l'école. Elle lui désignait aussi, sur un livre, des images qui faisaient rêver, en particulier une étrange tour de métal qui deviendrait la reine de l'exposition universelle en 1889, dressée sur une place qui s'appelait curieusement le Champ de Mars !

Joseph Villard ne voyait pas d'inconvénient à cet enseignement précoce, mais il n'était pas convaincu pour autant. En perdant Joseph, Delphine retomba dans sa passion pour la lecture, ce qui l'aida à passer ce mauvais cap de sa vie de femme. Quand elle avait réussi à économiser quelques pièces, elle achetait des revues dont elle dévorait le contenu, tard le soir, à la chandelle. Adeline Jolès lisait beaucoup aussi, elle s'en souvenait. Les deux femmes échangeaient parfois des revues, mais elles n'étaient pas des amies, beaucoup trop différentes. Et puis Adeline, bien qu'elle soit traitée comme une princesse par son homme, semblait toujours mélancolique, trainant, savait Delphine, le secret d'un passé douloureux.

Chapitre 2

La mère et le fils étaient arrivés dans la vallée depuis la veille et ils avaient couché dans une auberge, au Teil. Ils repartiraient comme ils étaient venus, à pied, par Privas et Vesseaux, n'ayant pas les moyens de s'offrir la « patache ». Il faisait beau heureusement, et l'humeur de Delphine s'en ressentait.

Jean-Louis avait chaud. Il déboutonna sa chemise de toile grossière, dévoilant un buste puissant et doré. D'une dextre vigoureuse, Delphine donna au garçon une affectueuse bourrade.

— Va donc faire un tour sur la place ! Il y a quantité de belles drôlesses. Pas des filles maigrichonnes comme à la ville. Va, mon gars ! Amuse-toi un peu. C'est de ton âge.

Jean-Louis ne se le fit pas répéter. Gouailleuse, sa mère l'accablait encore de recommandations.

— Et trouve-toi une bonne amie ! Une bien dodue, avec des nichons et des fesses, comme les appréciaient les hommes de la famille Villard ! Allez ! Montre-toi digne de ton père ! Un sacré gaillard, celui-là !

Jean-Louis éclata de rire, revint sur ses pas et distribua impétueusement quelques baisers sur le visage de Delphine, caché sous un enduit de fards de sa composition, à base de plantes, comme sa tenture dont elle gardait le secret.

— Et toi, mère, sois bien sage !

— Oh ! Moi, tu sais, les hommes ne me regardent plus !

— Mais toi tu les regardes encore !

À vrai dire, Jean-Louis s'était douté parfois des liens discrets entre sa mère et leur voisin, mais il avait toujours refusé de s'appesantir sur la question. Ça ne le regardait pas, estimait-il, et son amie Élisa qui s'en doutait aussi pensait la même chose. Les jeunes gens s'entendaient bien. Élisa était gaie et généreuse, Jean-Louis expansif et sensible, il tenait de sa mère, même s'il avait hérité de la carrure impressionnante de son père.

Après un dernier regard indulgent à Delphine, le jeune homme fila, emportant avec lui l'image drôle, attendrissante pour lui et provocante ou vulgaire pour d'autres, que donnait journellement cette femme originale. Delphine Villard ! Soixante ans, un regard de jeune fille, un langage plein de verdeur qui aurait étonné ses éducatrices de naguère, et un cœur immense, débordant de tendresse. Elle n'allait ni à l'église ni au temple, mais assurait que protestants et catholiques se valent, à condition qu'ils mettent en pratique l'amour.

Ce qui n'était pas toujours le cas, ajoutait encore Delphine.

— « Dieu a "bon dos", disait-elle, et c'est en son nom que de part et d'autre vous avez commis des atrocités. Chacun prétend l'avoir dans son camp ! Moi, je préfère le rencontrer dans la nature, dans sa création ! »

Même son habillement suscitait les commérages aigres des autres femmes. L'été, elle arborait de grandes blouses bariolées flottant sur une jupe bleu roi : Delphine refusait le noir dans sa tenue ! L'hiver, elle portait une cape qui avait le mérite de dissimuler un embonpoint qui ne la gênait guère et dont elle s'enorgueillissait, non sans raison, car ses rondeurs, que Thomas Jolès avait aimé tâter, préservaient son visage des rides et allaient de pair avec sa belle humeur. Ou bien, elle s'enveloppait de vastes châles multicolores, agrémentés de franges, qu'elle tricotait elle-même.

Elle avait acheté à un colporteur une espèce de toque en astrakan, qui avait sans doute fait la campagne de Russie avec Napoléon Bonaparte, prétendait-elle, et dont elle se coiffait quand la burle sifflait, n'hésitant pas à nouer par-dessus une grande écharpe de laine.

Unique, irremplaçable Delphine ! Jean-Louis n'avait plus qu'elle au monde, de son sang. Sa mère ! Il l'aimait tendrement, mais parfois son père lui manquait, il l'avait si peu connu. Mais il n'était pas le seul dans ce cas. Les conflits et les épidémies, le travail trop pénible, la misère, opéraient des coupes sombres dans les familles.

Jean-Louis s'avança parmi les paysans qui continuaient à envahir la grande place pour écouter déclamer en patois un conteur venu de la Montagne. Cette région haute s'étend à l'ouest de la contrée vivaroise, cernée par les sommets – les serres –, surplombant des vallées sauvages. C'est en fait un vaste plateau qui culmine parfois à 1 400 mètres, parsemé de protubérances d'origine volcanique qu'on appelle des sucs.

Le conteur était un poète-paysan. Il charmait son auditoire.

Delphine aussi était une conteuse née. Jean-Louis s'entendait vraiment bien avec sa mère, ils étaient toujours d'accord, excepté sur un point. Delphine aurait voulu qu'il s'intéresse de plus près à l'héritière de Thomas Jolès. Mais lui, il ne pouvait pas s'imaginer amoureux de leur voisine, il la connaissait trop. Élisa était comme une sorte de camarade. Delphine finirait bien par le laisser tranquille avec ses insinuations. D'ailleurs, elle venait de l'encourager sans vergogne à chercher une bonne amie. Mais c'était peut-être une manœuvre pour tromper l'adversaire et tester ses intentions ! Très souvent elle prêchait le faux pour connaître le vrai.

Jean-Louis, pour quelques piécettes, acheta une des poésies soigneusement calligraphiées par le conteur. Il l'offrirait à sa mère.

Il s'éloigna. Des odeurs disparates traînaient dans l'air, mais quelque chose d'insistant, comme un souffle pur, les dominait: c'était l'haleine du vent qui vous apportait des relents de campagne.

— Eh ! Jean-Louis !

Surpris, le jeune homme se retourna. Près de l'enclos où Thomas Jolès avait parqué son cheval et celui d'Élisa, appuyée aux barrières, une grande fille au regard vif semblait l'attendre. Jean-Louis remarqua qu'elle était habillée aujourd'hui avec une certaine recherche. Élisa avait toujours été un garçon manqué, elle avait voulu sans doute remplacer le fils que son père souhaitait, le premier-né d'Adeline qui n'avait pas vécu.

Jean-Louis se souvenait de la mère d'Élisa, mince, presque frêle, délicate, élégante et toujours parfumée, des yeux superbes, une chevelure de princesse. À dix ans, Élisa était aussi grande que sa mère, et comme elle semblait pataude près de cette dernière ! Elle partageait la passion de son père pour les chevaux, passion qui l'avait pris au début de son mariage avec Adeline. Élisa montait aussi bien que lui, déjà, et le suivait partout dans les châtaigneraies. Et, comme Thomas Jolès, elle vouait une adoration à la belle Adeline. Longtemps, elle était restée marquée par la disparition de sa mère, et quand son cœur était trop lourd elle courait chez Delphine et trouvait refuge entre ses bras.

Élisa sortait rarement de leurs Balmes. Elle n'aimait pas danser, mais les gars la guettaient. Elle n'était pas vilaine et bien faite, et elle représentait un des plus beaux partis de la région.

Thomas Jolès employait souvent Jean-Louis sur les coupes ou pour récolter les châtaignes. Le garçon savait que leur voisin l'estimait et lui aurait donné volontiers sa fille, bien que Jean-Louis fût pauvre et sans espérances autres que la masure de ses parents et le petit bout de pré et le potager qui l'entouraient.

— Tu vas bien, Jean-Louis ? l'interpella Élisa.

Elle avait pris, pour s'adresser à lui, un ton câlin, guère habituel à cette grande fille – une femme plutôt, de vingt-cinq ans –, forte et intrépide comme un gars.

Jean-Louis la considéra avec plus d'attention que d'habitude, lui qui la connaissait depuis si longtemps, depuis l'enfance en fait. Elle exhibait une tignasse rousse qui n'était pas sans rappeler la crinière de Delphine, mais qu'elle tenait de son père. Elle avait la parole facile, elle était gaie, infatigable, aimant l'ouvrage, élevée d'ailleurs comme un garçon par Thomas Jolès. Elle n'était donc pas mariée, ni promise, et on la considérait non pas comme une vieille fille – elle n'en avait pas l'allure –, mais comme une célibataire irréductible.

Elle n'avait pas la langue dans sa poche et pourtant Jean-Louis la devinait pudique, en dépit de sa hardiesse de langage et de gestes. Elle se livrait peu, quand il s'agissait de sentiments, mais elle lui racontait souvent ce voyage en train qu'elle avait fait toute petite avec ses parents, un peu avant la mort d'Adeline, qui voulait lui faire ce plaisir.

Oui, pour Élisa qui ne connaissait alors que les Balmes, leur village et les alentours, c'était un beau voyage ! L'imposante locomotive noire crachait des nuages de vapeur et entraînait ses wagons à la queue leu leu. Sa mère lui avait raconté que l'ingénieur Marc Seguin avait fait construire en 1834 la première voie ferrée reliant Saint-Étienne à Lyon. On lui devait aussi les élégants ponts suspendus sur le Rhône.

Ils avaient passé deux jours à Lyon, et Adeline lui avait dit que c'était une ville magnifique, mais que la capitale de la France, où elle avait vécu, était plus belle encore, ce qui avait fait rêver Élisa. Mais pas longtemps ! Elle avait été si heureuse de rentrer aux Balmes, de retrouver leurs chevaux, leur maison, leurs châtaigniers.

Delphine Villard appréciait beaucoup Élisa et elle répétait souvent à son petit-fils :

— Voilà l'épouse qu'il te faut, mon Jean-Louis. Gentille et robuste, une grande fille à ta mesure, toi qui es presque un géant ! Et elle est travailleuse et si bonne ! Pour celui qui deviendra le gendre de Thomas Jolès, fini l'incertitude ! Les châtaignes le feront vivre. Ton pain et même le beurre dessus te seront assurés, mon fils ! Quand ta vieille mère, trop usée, ne pourra plus travailler, elle s'occupera de vos petits. Mais hâte-toi ! Élisa a déjà vingt-cinq ans !

— Delphine ! répliquait le jeune homme agacé, tu sais bien que je ne suis pas pressé de m'établir ! Et puis, si j'éprouve de l'amitié pour Élisa, elle ne m'attire pas d'une autre manière, si tu vois ce que je veux dire ! En vérité, je la connais trop.

Et Delphine, mortifiée par l'attitude de son fils, soupirait très fort :

— Mais je ne te force pas, moi ! C'est juste un conseil que je te donne. Un excellent conseil, mon gars ! Parce que je sais que vous êtes faits l'un pour l'autre, Élisa et toi !

— C'est ton point de vue, pas le mien, se défendait encore Jean-Louis. Je reconnais qu'Élisa peut faire le bonheur d'un homme, mais moi, elle ne m'inspire pas sentimentalement !

Et Delphine ironisait, incorrigible :

— *Sentimentalement !* Oh ! Mon pauvre petit ! Tu veux donc le grand amour, celui qui fait pleurer ?

— Tu l'as connu, toi, le grand amour, avec mon père, le Joseph ! Est-ce que tu as pleuré pour autant ?

— Plus souvent qu'à mon tour, crois-moi, mon fils !

— Par sa faute ?

— Ce n'était ni la sienne ni la mienne, parce qu'on s'aimait trop pour se faire des misères.

— Mais alors ?

— Que veux-tu que je te dise… On n'était pas bien riches et ici, dans nos Balmes, les hivers sont si rudes ! Nous avons perdu des petits. Un seul a tenu bon. Toi. Nous avons tremblé chaque jour pour ta survie, mais, Dieu merci, tu poussais comme une mauvaise herbe. En revanche, mon pauvre homme était déjà bien fatigué. Et quand il m'a quittée, mon Joseph, j'ai cru que le monde volait en éclats.

— C'est comme Thomas Jolès, quand il a perdu son Adeline. On aurait dit qu'il voulait se laisser mourir.

— Mais il avait sa fille et pour elle il a réagi. Moi, j'avais la vie chevillée au corps, et puis tu étais là, mon garçon, il fallait bien que je m'occupe de toi, que je t'aide à grandir ! Tu sais, je ne regrette rien. Si c'était à refaire, si je redevenais jeune et que Joseph se présente à nouveau, je recommencerai la même vie avec lui !

Se rappelant cette conversation, Jean-Louis sourit et Élisa Jolès prit ce sourire pour un encouragement.

— Dimanche prochain, viens donc dîner avec nous, proposa la jeune femme. Mon père sera bien content d'avoir quelqu'un avec qui échanger des propos. Tu sais qu'il t'apprécie beaucoup. Alors ?

— Je viendrai peut-être, mais je ne peux pas te dire quand. Nous en reparlerons, répondit évasivement Jean-Louis.

Un petit signe de la main, plus désinvolte qu'affectueux, et il s'éloigna dans le sillage de deux paysans qui tenaient chacun l'extrémité d'une échelle où un énorme goret était attaché et couinait.

Le jeune homme devinait qu'Élisa le suivait d'un regard admiratif. Réellement, Jean-Louis était un magnifique gaillard blond. Il ressemblait beaucoup à son père, Joseph, Delphine l'assurait. Si Jean-Louis avait voulu, Élisa aurait fait ses quatre volontés. Elle aurait même fait l'amour avec lui, il en était certain, les regards qu'elle lui coulait, ardents, provocants, suppliants aussi, ne trompaient pas.

Mais voilà, Jean-Louis ne voulait pas d'elle ! Oh ! Il la trouvait agréable, surtout quand elle riait, la tête renversée, montrant de belles dents à l'intérieur d'une grande bouche carnassière. Et l'embrasser, la tenir dans ses bras, ça il aurait pu sans se forcer, mais il ne voulait pas l'abuser. Il ne l'aimerait jamais d'amour, il en avait la certitude. Et l'amour, il y tenait.

Aussi gardait-il ses distances, autant pour lui, pour ne pas tomber dans le piège d'un mariage rendu obligatoire, que pour elle, qu'il ne voulait pas blesser par un comportement désinvolte. Car il savait bien que sous sa hardiesse la luronne cachait un cœur d'or, sensible, débordant d'une ardente tendresse pour lui, Jean-Louis, son petit compagnon de jeunesse, celui dont elle s'était souciée comme d'un frère, elle qui n'en avait pas.

Chapitre 3

Jean-Louis était arrivé devant l'église ; c'était bientôt l'heure des vêpres. Il n'avait pas l'intention d'y assister, mais il s'assit sur le parvis et observa les jeunes filles qui se pressaient en direction de la lourde porte cloutée.

Elles étaient une dizaine, entre douze et vingt ans. Certaines examinaient effrontément ce superbe garçon, blond comme le froment, qui semblait surgi de nulle part et était si différent des jeunes gens qu'elles connaissaient. Leurs yeux luisaient et leur regard se posait avec hardiesse sur le torse de Jean-Louis, aux muscles bien dessinés, visible sous sa chemise flottante.

Il rendit regard pour regard. Il n'était pas timide et se savait beau garçon. Ces jeunesses étaient toutes robustes et fraîches, appétissantes à croquer, et Dieu sait qu'il ne manquait pas d'appétit ! À l'occasion de la foire, elles étaient aussi joliment vêtues que les demoiselles de la vallée, qui suivaient la mode de près. Elles arboraient, pour la plupart, de longues jupes fleuries tombant bas sur leurs mollets et contrastant avec les tenues sombres des femmes qui venaient de la Montagne. Sous les fichus, les corsages ajustés dévoilaient des bustes rebondis.

« Amuse-toi ! » avait dit Delphine. Il ne se priverait pas et, à la sortie des vêpres, il ferait son choix. Une brève amourette, pour le temps de la foire, qui n'engagerait pas le cœur et à peine les sens, c'était toujours bon à prendre.

Oui, il était bien décidé à choisir une bonne amie, et tout de suite ! Jean-Louis examina plus attentivement les jeunes filles qui gloussaient, excitées, et se poussaient du coude. De vraies poulettes autour d'un coq ! se dit le garçon, amusé.

C'est alors qu'il la vit, au milieu du groupe de jouvencelles, silhouette fine coiffée de longs cheveux. Il se leva brusquement, et puis recula, comme pour mieux évaluer ce qui avait retenu son attention.

Jean-Louis resta un instant comme paralysé. Puis, le cœur battant la chamade, il vit que l'exquise apparition l'avait remarqué aussi. Une apparition ? Non ! Elle était bien réelle sa jolie découverte, car elle avait rosi comme une églantine tandis qu'elle battait en retraite sous le regard impérieux du garçon et pénétrait dans l'église comme pour s'y cacher.

Jean-Louis attendit la fin des vêpres dans un état second. Et quand la jeune fille sortit, bonne dernière, il s'avança résolument vers elle.

Elle n'était pas très grande. À côté de ses robustes amies, sa gracilité n'en était que plus évidente. Elle ne ressemblait à aucune des gaillardes que Jean-Louis avait fréquentées jusqu'à présent. Sa modeste robe de cotonnade bleue à manches bouffantes l'habillait pourtant à la perfection. Et comme elle tranchait parmi ses compagnes ! Ses longs cheveux bruns, très lisses, semblaient huilés, brillant dans la lumière, et son petit visage d'une blancheur de lys respirait l'innocence et la douceur.

Mû par une impulsion irrésistible, Jean-Louis s'avança encore. Les jeunes paysannes s'écartèrent en riant. Laquelle d'entre elles allait être choisie par ce beau garçon qui les toisait du haut de son mètre quatre-vingt-dix ?

Mais déjà, Jean-Louis ne voyait plus que la menue jeune fille, dont l'air si doux et l'attitude modeste le ravissaient.

Un sourire d'espoir illumina sa physionomie tandis qu'il proposait d'un ton engageant :

— Est-ce que vous accepteriez de faire une promenade avec moi dans la foire ? Je viens du Haut-Vivarais et je ne connais personne ici, ni garçons ni filles.

Surprise, la jeune fille le regarda et, pour ce faire, elle dut lever la tête : c'est que, campé devant elle, Jean-Louis paraissait plus grand encore, presque un géant !

Lui, il se pencha pour plonger son regard dans celui de cette petite qui l'attirait si fort. Il vit deux yeux d'un bleu pur, à la transparence de source. Il s'étonna de l'émoi qui faisait battre son cœur plus vite et, en même temps, il ressentit une véritable panique à l'idée que son inconnue puisse lui refuser ce tour de foire.

Elle refusa, en effet, mais gentiment, d'une voix aussi douce que le reste de sa personne.

— Non, monsieur, je regrette.

— Je vous fais peur ? demanda-t-il. Vous vous méfiez de moi ? Mais je vous assure, mes intentions sont honnêtes.

Elle sourit et une fossette creusa sa joue d'enfant. Jean-Louis réalisa alors combien elle semblait jeune, fragile et désarmée.

— Non, non, vous vous trompez ! Seulement, quand je me trouve dans la foule, je ne me sens pas bien, alors j'évite de m'y risquer. J'ai parfois des étouffements et c'est très désagréable, pour moi et pour les autres.

Ses compagnes s'étaient rapprochées et les observaient. L'une d'elles lança, moqueuse :

— Et surtout, Florie, ma belle, tu as une peur bleue du père Deschamps !

La jeune fille soupira en rejetant ses cheveux en arrière d'un joli mouvement de tête. Et elle expliqua, toujours très gentiment :

— Joannès Deschamps, c'est mon père. Il est très sévère. Et mon frère Baptiste n'est pas commode, lui non plus.

La glace était rompue, de toute manière, avec ce début de conversation. Elle savait que le gars venait des hauteurs de l'Ardèche, presque de la

Montagne, il savait qu'elle avait un père et un frère qui veillaient au grain.

Mais, pour le moment, la famille de cette adorable jeune fille importait peu à Jean-Louis Villard ! Il proposa à celle qui portait le joli nom de Florie de s'asseoir près de l'église, sur le muret de pierres sèches qui ceignait la butte où l'édifice était construit.

De cet endroit, on dominait la vallée où la rivière creusait son lit avant d'aller se jeter dans le Rhône. Le point de vue était superbe et l'on ne pourrait les accuser de se tenir à l'écart. Assis l'un près de l'autre au vu et au su de tous, à deux pas de l'église, qui trouverait à redire à leur aparté ?

— Vous avez bien un petit moment ? quémanda Jean-Louis. Nous parlerons, nous ferons connaissance. J'en ai très envie !

Florie le souhaitait aussi, car elle inclina la tête et le suivit docilement pour traverser la place de l'église. Jean-Louis avait de longues jambes et il accomplissait un pas quand la jeune fille en trottinait trois. Il l'attendit et réalisa que sa compagne était essoufflée comme si elle venait de faire l'ascension du Gerbier-de-Jonc. Il ralentit encore et la regarda avec plus d'attention. Alors il remarqua que la peau si fine de la jeune fille semblait translucide et il se désola à cause de ces cernes violets – oh ! à peine marqués, mais visibles et insolites sous les yeux d'enfant de Florie.

En lui résonna comme une voix, un avertissement lui conseillant de ne pas insister et de s'éloigner de cette gracieuse mais trop frêle créature, qui avait en elle quelque chose de maladif. Derrière eux, les filles, dépitées de ne pas avoir été choisies, lançaient des quolibets. Mais Florie n'écoutait pas ces luronnes. Jean-Louis non plus. Il était trop tard pour que le garçon s'éloigne. Il était attiré par cette jeune demoiselle comme le fer l'est par l'aimant. Et lui, qui d'habitude n'était pas timide, n'osait pas lui prendre la main, il ne cherchait pas non plus à imiter des camarades ayant trouvé déjà chaussure à leur pied ; ce dimanche, à cause de la foire, des rencontres qu'elle permettait et de l'euphorie qu'elle procurait, s'étaient formés des couples qui dureraient ou pas.

— Parlez-moi de vous, invita la jeune fille.

Il ne se fit pas prier.

— Je m'appelle Jean-Louis Villard. J'aurai bientôt vingt-cinq ans, je suis libéré de mes obligations militaires. Je viens d'un village haut perché, plus précisément du hameau des Balmes, au-dessus de Combe-Verte. Je suis descendu avec ma mère, elle vend son miel de châtaignier à la foire.

— Du miel ? Je l'ai vue. Une dame d'un certain âge, habillée d'une façon…

— Voyante, n'ayons pas peur des mots. Mais Delphine, ma mère, est une femme remarquable. Et elle se moque des conventions ! Elle est différente des autres. Elle a horreur de s'habiller de vêtements sombres et austères, et puis elle ose des choses qui, dans la contrée, ne se font pas. Par exemple, elle fume !

— Comme un homme ? dit Florie, ébahie.

— Oui, comme un homme, et souvent le cigare ! C'est une habitude que je déplore mais puisque ça lui plaît... Je n'y peux rien ! Elle est instruite. Elle fut naguère la gouvernante d'enfants de bourgeois, dans la vallée. Elle-même descend d'une famille de la bourgeoisie qui a eu des revers de fortune, c'est la raison pour laquelle il lui a fallu se placer, dans sa jeunesse, avant de rencontrer mon père qu'elle épousa. C'est elle qui m'a appris à lire. Aux Balmes aussi, chez nos voisins, vivait une femme cultivée, Adeline Jolès.

— Une amie de votre mère ?

— Pas vraiment, mais elles s'entendaient bien. Adeline était très différente de ma Delphine. J'ai quasiment grandi avec Élisa, sa fille. Le père d'Élisa, Thomas Jolès, possède des châtaigneraies et il me donne parfois de l'ouvrage. Il mène de main de maître la propriété qui lui vient de sa femme. Mais je vous ennuie avec mes histoires ?

— Pas du tout. Au contraire. J'ai su lire, moi aussi, de bonne heure. Savoir lire est si important, les mots sont comme des clefs pour entrer dans les livres, et les livres sont des portes. Quand vous les avez franchies, vous vous trouvez ailleurs, il y a devant vous des horizons insoupçonnés.

— C'est vrai, ce que vous dites. Vous parlez comme ma mère.

— Possédez-vous une ferme, aux Balmes ?

— Nous sommes pauvres, expliqua Jean-Louis avec sa franchise habituelle. Ma mère et moi, nous habitons une petite maison qui nous appartient, mais nous ne possédons ni terres ni châtaigneraies. Nous cultivons un jardin, derrière la maison, et nous avons un bout de pré avec quelques pommiers. C'est là que Delphine a placé nos ruches, à la lisière des bois de châtaigniers. Mais ce que nous produisons ne suffit pas pour vivre. Aussi je gagne notre pain en louant mes bras.

— Votre mère a beaucoup de chance de vous avoir.

— Je ne sais pas. En tout cas, moi, j'ai eu beaucoup de chance de la conserver, c'est déjà dur d'être privé de père. Et vous, Florie, qui êtes-vous ? Êtes-vous née dans cette bourgade ?

— J'y suis née et j'y ai grandi, parmi les miens. Mais nous vivons un peu à l'écart, au domaine des Églantiers. Comme vous l'avez compris, j'ai un frère aîné, Baptiste. Il est marié à une fille du sud du Vivarais. Lucienne. Elle est gentille, elle s'est occupée de moi quand j'étais petite. Comme je ne suis pas bien forte, elle m'épargne les travaux pénibles. Lucienne et Baptiste n'ont pas encore d'enfants et ça les désole beaucoup.

— Et votre mère ?

— Je ne l'ai plus.

— Pardonnez-moi… Je ne savais pas.

— Il y a longtemps que ce malheur est arrivé, mais je ne l'ai pas oubliée. Ne vous excusez pas, vous ne pouviez pas deviner. Et puis vous savez ce que c'est que de perdre l'un de ses parents.

— Votre mère est-elle morte en couches ? Tant de femmes ne survivent pas à cette épreuve.

Delphine dit que c'est à cause du manque d'hygiène que les fièvres s'emparent des accouchées.

— Non. Ma mère avait le cœur malade. Quelquefois, j'ai l'impression que je suis comme elle. Mais mon frère Baptiste dit que je fais des manières. Pourtant, lui non plus ne veut pas que je me surmène, et mon père, qui exige tant des autres, est indulgent à mon égard.

— Sauf en ce qui concerne vos futurs amoureux !

Elle sourit.

— Père est très possessif, mais il n'est pas mauvais. Parlez-moi encore de votre famille.

— Mon grand-père, Ovide Villard, vivait avec nous. Il est décédé peu de temps après mon père. C'est une épidémie de rougeole qui l'a emporté, et puis ce fut mon tour, mais j'étais encore un gamin et les enfants supportent mieux ce genre de maladie.

— Nous avons connu beaucoup de deuils, dit Florie, songeuse. Nous avons des points communs.

Le vent commençait à souffler et, à cet endroit qui dominait la vallée, on le sentait particulièrement. Jean-Louis entraîna sa jeune compagne.

— Ne restons pas là, vous prendriez mal. Avec le soir, la température fraîchit.

Chapitre 4

Ils marchèrent jusqu'à l'orée de la bourgade, là où se profilaient les murs du cimetière. Les fidèles de la religion réformée n'y étaient pas enterrés, expliqua Florie, ils avaient leur cimetière à l'autre bout de la ville.

Devant les jeunes gens s'étirait la route que la diligence emprunterait bientôt ; le vent soulevait des spirales de poussière jaune.

À perte de vue, des étendues vallonnées ondulaient, avec des petits champs où frémissaient le maïs et le seigle, puis leur succédaient des croupes verdoyantes où paissaient des troupeaux paisibles. Le paysage ne présentait rien de commun avec tout ce que Jean-Louis connaissait, les collines arides et calcaires du sud-est vivarois, les châtaigneraies comme des forêts cultivées, la vallée de l'Eyrieux parfois si verte, les pâtures, les bois et les landes de la Montagne. L'horizon là-haut lui semblait austère, avec les

Serres qui semblaient soutenir les voûtes du ciel, mais interdisaient l'accès au vaste monde.

D'ici, on apercevait les montagnes à peine esquissées contre le ciel pur, imprécises, un peu floues, comme sur un dessin.

— Alors vous venez de là-haut !

— Oui. Il nous faudra marcher des heures et des heures pour nous rendre, et faire une halte en cours de chemin pour passer la nuit. Parfois nous dormons dans une grange, parfois on nous offre l'hospitalité.

— Et votre mère peut vous suivre, à son âge ?

— Delphine a l'habitude. Elle est coriace !

— Moi, dit la jeune fille, mélancolique – et plus tard il s'en souvint –, moi, je ne pourrais pas marcher si loin !

— Mais, petite paresseuse, tu peux bien faire quelques pas encore avec moi ! répliqua Jean-Louis en riant. Il y a un petit chemin, là, qui semble nous inviter. Qu'en dis-tu ?

— Il descend vers la rivière. Tu as raison, Jean-Louis ! acquiesça-t-elle, le tutoyant à son tour. Allons par là. C'est un endroit retiré, guère fréquenté, sinon par les chasseurs. Personne ne pourra rapporter à mon père ou à mon frère que je me trouvais en compagnie d'un garçon.

— Tu les crains tant que ça ?

— Je te l'ai dit, mon père et mon frère ne sont pas méchants, mais ils sont sévères. Et puis ils s'imaginent toujours le pire. Ils trouvent aussi que je suis trop jolie et ils ont peur que je fasse des bêtises.

— Ils ont tort, pour les bêtises. Tu n'es pas une fille à ça, j'en mettrais ma main au feu. Pour le reste, ils ont raison. Je n'ai jamais rencontré une fille aussi belle !

Elle sourit, heureuse du compliment, mais elle était sans fatuité. Elle le guida. Sa menotte serrait fort la grande main de Jean-Louis, et il serait allé volontiers avec elle jusqu'au bout du monde.

Quand ils arrivèrent à l'orée du sentier, ils s'aperçurent que la végétation était si exubérante qu'il était impossible d'y entrer sans se faire griffer par les ronces, agripper par les branches. Ils renoncèrent et prirent alors un peu plus bas un chemin de terre sinueux mais bien aplani qui formait comme un ruban ocre enroulé autour d'une éminence où se regroupaient les toits rouges d'un hameau. La jeune fille s'arrêta.

— C'est le hameau des Églantiers. La ferme qu'on aperçoit là-haut, c'est la nôtre. Ne t'inquiète pas, personne ne vous verra, ici.

Jean-Louis s'immobilisa à son tour et considéra ce décor rustique où évoluait chaque jour cette petite compagne donnée par le hasard – il n'osait pas encore penser : le destin !

Parée par les tendres couleurs de l'été, la colline moelleuse se fondait dans le bleu du ciel. Un grand pré bordé de mûriers descendait de la ferme jusqu'au chemin. De part et d'autre se pressaient des champs de céréales. Un étroit sentier, bordé de ronciers couverts de baies, serpentait au milieu du pré.

Le soleil dispensait sur toute cette verdure, sans lésiner, une lumière éblouissante.

— Vous avez une magnifique propriété.

— Et encore tu n'en vois pas le quart ! Les terres redescendent de l'autre côté de la rivière.

De nouveau, il l'entraîna. Et il fut grandement soulagé de s'éloigner de cette sorte d'éminence couronnée par le hameau des Églantiers. Jean-Louis n'était pas de l'avis de Florie : d'en haut, quelqu'un de la famille Deschamps pouvait bien les apercevoir et il ne voulait pas affronter le père de la jeune fille ou risquer d'attirer ses foudres sur elle.

Ils entrèrent dans une luzerne qui voisinait avec un champ de seigle. À la lisière foisonnaient coquelicots et bleuets. Tout en marchant, Florie en cueillait et les assemblait en bouquet. Avec une autre, Jean-Louis aurait pensé : « Je perds mon temps ! » Mais ce temps-là coulait trop vite, tout empli de la présence de la jeune fille. Jean-Louis se sentait ému, gauche, un peu balourd et honteux d'avoir tellement envie de serrer dans ses bras cette fille aussi lumineuse qu'innocente.

Ils étaient arrivés au bord d'un ruisselet qui cherchait son chemin vers la rivière. Florie se laissa tomber sur l'herbe, son bouquet posé près d'elle. Jean-Louis s'assit au pied d'un osier. Il avait tant à lui dire ! Pourtant, il cherchait ses mots, frappé d'un mutisme fâcheux. Un oiseau passa, ailes déployées contre l'azur, et son cri, délivré comme un merci au bel été, se répercuta étrangement dans le cœur du garçon.

Il recouvra brusquement la parole.

— Florie, j'aimerais te revoir très vite !

— Moi aussi, avoua-t-elle. Je me sens tellement triste en pensant que dans une heure ou deux tu seras reparti dans tes montagnes.

— Tu seras triste, c'est vrai ? Pourtant tu me connais à peine. Tu sais si peu de choses à mon sujet !

— Je sais que tu as un visage aimable qui respire l'honnêteté, que ton regard est franc, que tu es gentil et respectueux, et cela me suffit !

Elle s'agenouilla près de lui. Ses bras minces, jaillissant des manches bouffantes de sa robe de cotonnade, étaient dorés, et leur couleur de pêche mûre contrastait avec son teint de porcelaine.

Elle posa ses mains à plat sur la poitrine de Jean-Louis et il faillit crier, tant cet attouchement innocent le troubla.

— Je vais te dire une chose, Jean-Louis ! Je ne devrais pas, pourtant... Mais tant pis : Jean-Louis, je t'aime depuis que nos regards se sont croisés, devant l'église. C'est comme une grâce, je trouve. Nous avons de la chance. Parce que tu m'aimes aussi, je le sais.

— Petite chérie ! Ma mie ! Je ne suis pas un garçon pour toi.

— Es-tu « parpaillot » ? Pour moi cela n'aurait aucune importance, Dieu est le même pour tous.

— Non, je suis catholique comme toi, mais je n'ai pas un sou vaillant. Je ne possède pas de terres, je te l'ai dit. Pourtant, comme je te veux, Florie ! Il me semble que je te connais depuis toujours. Moi aussi je suis malade à la seule pensée de te quitter. Je suis tombé amoureux fou de toi, mais tu as raison, tout arrive trop vite. Et de songer à l'avenir, ça me rend triste.

— Ce n'est pas triste de s'aimer, Jean-Louis !

Oubliant ses résolutions, il serra Florie très fort contre lui. Elle poussa un petit cri. Confus, il desserra un peu son étreinte.

— Est-ce que tu envisagerais de quitter les Églantiers pour vivre avec moi et ma mère ? Tu m'épouserais ? Tu affronterais à mes côtés une vie difficile dans une région où le climat est rude ?

— Avec toi, il me semble que je pourrai vivre même dans une hutte de charbonnier, au fin fond de la forêt. Même dans une grotte !

— Je ne t'en demanderai pas tant…

Jean-Louis riait, ému toutefois. Il s'enfiévrait en évoquant la possibilité d'un avenir commun et tremblait presque en respirant le parfum de fleurs émanant des beaux cheveux bruns dénoués.

— Si tu m'épouses, je le jure, je ferai tout pour te rendre heureuse et pour que tu ne manques jamais de rien. Dieu merci, notre maison des Balmes nous appartient. Je reprendrai le toit. J'agrandirai. Il y aura une belle chambre pour nous. Oui, de cette petite maison toute simple, je ferai un palais pour toi, ma mie. Mais que diront ton père, ton frère ? Je ne voudrais pas apporter la discorde chez nous.

— Jean-Louis, il ne faut pas te leurrer. Mon père et mon frère ne seront pas contents. Et je devrai peut-être attendre ma majorité pour t'épouser. Auras-tu la patience d'attendre ?

— Si tu m'aimes, j'ai confiance ! assura-t-il. J'attendrai.

Elle s'abandonna entre ses bras, et lui, qui voulait tant d'elle, ne lui prit qu'un baiser qui la laissa émerveillée.

— C'est mon premier baiser, murmura Florie.

Ses yeux bleus rayonnaient et exprimaient tant d'amour que Jean-Louis se sentit tout à coup le maître du monde. La joie l'emportait sur les craintes. Il ne voulait plus réfléchir aux problèmes que leur relation allait susciter. Il se persuadait que tout s'arrangerait et que Florie lui appartiendrait pour la vie.

Il s'appuya au tronc noueux de l'osier et tint Florie contre lui, lovée comme un chaton. Le filet d'eau bavard serpentait à leurs pieds. De très loin, leur semblait-il, les rumeurs de la foire qui s'achevait arrivaient et passaient dans l'air avec le vent. La campagne à l'approche du soir sentait bon. Et le grand gars semblait plus doux qu'un agneau ; Florie l'avait dompté rien qu'avec son sourire à fossettes.

Chapitre 5

Jean-Louis Villard comptait les heures qui le séparaient de son premier rendez-vous avec Florie. Il était allé aider les Jolès à placer dans les sillons les semences de pommes de terre. Il rentra un peu avant midi et tira un seau d'eau au puits pour s'en asperger.

Tout était calme alentour. Le silence autorisait des broderies interminables de pensées qui, toutes, bien sûr, tournaient autour de Florie… et de sa famille. Car il faudrait compter avec les Deschamps, Jean-Louis le réalisait à présent. S'il était de plus en plus amoureux, en revanche, son euphorie s'était dissipée. Il s'était montré beaucoup trop optimiste. Rien ne serait facile, il leur faudrait batailler pour réaliser leurs projets.

— Ah ! Tu es là ! dit Delphine qui sortait de la remise en portant une bassine emplie du linge qu'elle venait de faire bouillir dans la lessiveuse. Surveille le ragoût pendant que j'étends le « blanc ».

Jean-Louis, d'abord, aida sa mère à transporter la lourde bassine dans le pré où une corde était tendue entre deux pommiers. Puis il rentra et se dirigea vers l'âtre. Sur un trépied de fonte, un chaudron noirci était posé, où mijotaient du lard et des pommes de terre. Il ne s'agissait pas de la traditionnelle « bombine », car ce plat était réservé pour les grandes occasions. Le jeune homme s'accroupit et souleva le couvercle. Une riche odeur s'échappa du récipient. Avec une spatule en bois, il tourna doucement le ragoût pour lui éviter d'attacher.

Par la porte restée ouverte, d'un œil distrait, Jean-Louis regardait sa mère. Delphine suspendait sa lessive sur la corde, sans se presser, tout en mâchonnant une cigarette éteinte.

— Ton ragoût va finir par brûler, mère, si tu n'arrives pas ! cria Jean-Louis.

— J'arrive, j'arrive ! Écarte-le du feu !

Et elle accrocha à la corde des bas de coton mal essorés qui gouttèrent sur l'herbe. Elle téta son bout de cigarette et, abandonnant la bassine sur le pré, elle rejoignit Jean-Louis et lança de sa voix joviale :

— Je constate que l'amour ne t'a pas coupé l'appétit !

Jean-Louis sourit. Bien sûr, il avait tout raconté à Delphine. N'était-elle pas depuis toujours sa confidente ! Elle n'avait pas montré beaucoup d'enthousiasme et le garçon n'en était pas vraiment surpris. Sa mère se faisait du souci pour lui. À la foire, elle avait entendu parler des

Deschamps, des sauvages qui n'avaient qu'un seul but sur terre : amasser le plus de biens possibles !

Jean-Louis avait placé le chaudron sur la pierre noircie, loin des flammes. Avec la louche, il puisa de quoi emplir deux écuelles. Delphine qui s'était assise poussa un soupir d'aise. Le pain n'était pas encore entamé. Du pouce, Jean-Louis y traça le signe de la croix, puis coupa deux belles tranches. C'est alors qu'un bruit de voix attira son attention. Il sortit sur le seuil de la maison. Delphine le suivit.

Deux hommes, l'un d'un certain âge, l'autre en pleine maturité, venaient d'attacher leurs chevaux à la barrière. À présent, ils marchaient vers eux d'un pas résolu et leur expression menaçante n'augurait rien de bon.

— Les Deschamps... J'en suis sûr ! dit Jean-Louis qui pâlit.

— Reste-là, mon fils. Laisse-moi faire.

Delphine s'avança à la rencontre des hommes qui la rejoignirent au milieu du pré.

— Ici, messieurs, c'est une propriété privée ! Que voulez-vous ? Cherchez-vous quelqu'un ?

— Oui, déclara froidement le plus âgé, au menton volontaire et au grand nez en soc de charrue. Un certain Jean-Louis Villard.

— Je suis Delphine Villard, sa mère. Qu'est-ce que vous lui voulez, à mon Jean-Louis ?

Le vent décoiffait la pittoresque Ardéchoise. Poings aux hanches, elle faisait face aux intrus.

Delphine, tout comme Jean-Louis, avait deviné l'identité de ces deux inconnus. Elle les toisait, mais son attitude assurée n'impressionnait pas les visiteurs.

Leurs visages rudes étaient tannés par le vent et le soleil. Le père Deschamps était maigre mais vigoureux, le fils semblait un véritable hercule.

— Le dernier jour de la foire, on a vu votre vaurien de fils avec ma fille Florie ! accusa abruptement le plus âgé des visiteurs. On les a vus partout dans les chemins, ils se cachaient, et, quand on se cache, ce n'est pas pour bien faire.

— Florie et moi n'avons rien à nous reprocher, lança Jean-Louis en s'avançant à son tour. Si vous avez quelque chose à me dire, je vous écoute.

À son tour, il les affrontait, si grand et si blond dans le soleil qu'ils restèrent muets un instant, impressionnés malgré eux par la carrure et la prestance du jeune homme. Mais bien vite leur hargne mauvaise reprit le dessus.

— Alors écoute bien, Jean-Louis Villard ! On a fait tout ce chemin pour te dire cette chose-là : éloigne-toi de Florie, si tu ne veux pas avoir de graves ennuis. Elle nous a avoué qu'elle souhaitait te revoir. Et il n'en est pas question.

Indignée par le mépris avec lequel le père Deschamps s'adressait à Jean-Louis, Delphine grommela, furibonde, mais le jeune homme esquissa en sa direction un geste apaisant.

— Maître Deschamps, je n'ai pas de mauvaises intentions, déclara-t-il à l'homme avec un calme surprenant. Je souhaite fréquenter votre fille pour le bon motif. Mais nous voulons faire plus ample connaissance avant de nous engager. Qu'y a-t-il de mal à cela ?

— Tu n'as donc pas compris ? Ma fille n'est pas pour toi. Florie a du bien qui lui vient de sa mère, comme mon fils Baptiste. C'est une des plus riches héritières de la contrée. Je ne vais pas la laisser se mésallier avec un rien-du-tout !

Le père Deschamps vociférait à présent, et le regard luisant de Baptiste ne disait rien qui vaille. Cet individu souhaitait la bagarre, Jean-Louis en était conscient. Les Deschamps n'étaient pas venus pour parler, mais pour lui donner une leçon, et ils brûlaient de lui infliger une correction magistrale. Mais ils avaient fait un mauvais calcul. Jean-Louis Villard n'avait rien d'une mauviette et il était de taille à se défendre même contre deux agresseurs.

Alertée par la voix rageuse du père Deschamps qui portait jusqu'à la propriété voisine, Élisa Jolès parut. Les manches de sa chemise de dessous étaient retroussées sur ses bras robustes et hâlés. Un fichu était noué négligemment sur ses épaules et les extrémités tombaient sur un caraco de couleur vive, passé par-dessus sa jupe longue. Élisa ressemblait de visage à son arrière-grand-mère Floriane, mais elle était grande, presque autant que le fils Deschamps, et celui-ci, surpris, considéra comme s'il ne l'avait jamais vue cette espèce de cavale qui fonçait vers eux, avec sa crinière rousse aussi indisciplinée que celle de Delphine, aussi éclatante que celle de Thomas, son père, quand il était jeune et qu'on le surnommait Goupil.

— Que se passe-t-il, Jean-Louis ? On te cherche querelle ? Je vais aller appeler mon père et nos valets.

— Ce n'est rien, Élisa, assura Jean-Louis, décidément résolu à ne pas répondre aux provocations des visiteurs.

D'un seul coup-de-poing, il aurait facilement envoyé ces deux énergumènes mordre la poussière, l'un après l'autre. Mais le premier, avec ses cheveux gris, méritait le respect. Et le second était tout de même le frère de Florie. Florie qui n'appréciait pas la violence. Elle assurait que le temps arrangerait tout.

— Maudit oiseau d'ailleurs, qui vient voler le bien d'autrui ! cria encore le père Deschamps, écoute encore ceci : envole-toi plus loin, sinon tu recevras du plomb dans l'aile !

Élisa Jolès bondit auprès de Jean-Louis. Elle ressemblait à présent à une tigresse en fureur. Le garçon n'en avait jamais vu, mais ce fut l'image qui lui vint à l'esprit. Les longues mèches rousses de la jeune fille semblaient des flammes autour de son visage. Ses yeux étincelaient.

Delphine s'était éclipsée, ce qui surprit son fils.

— Touchez un seul cheveu de Jean-Louis et nous, les gens des Balmes et de Combe-Verte, on ripostera !

Les Deschamps haussèrent les épaules, marquant ainsi leur mépris pour cette fille qui se mêlait des histoires d'hommes.

— Ne t'inquiète pas pour moi, Élisa. Laisse-les dire.

Jean-Louis était touché, néanmoins. Avec quelle fougue son amie de toujours était intervenue ! Mais quand il vit revenir sa mère, armée d'une fourche qu'elle était allée prendre dans la remise, il fut secoué par un grand rire intérieur.

L'Ardéchoise brandissait ostensiblement son arme improvisée. Les deux visiteurs restèrent interloqués, puis le père Deschamps recula, marmottant encore une dernière menace à l'adresse de Jean-Louis. Son fils Baptiste, qui n'avait pas ouvert la bouche, ponctua d'une injure cet avertissement ultime.

Enfin, les deux visiteurs tournèrent les talons.

— Si tu as besoin d'aide, Jean-Louis, je vais le signaler à mon père ! dit Élisa. Ces deux-là reviendront !

— Je ne crois pas. Et même si cela était, je ne veux pas que vous interveniez. Il s'agit d'une affaire privée, tu comprends Élisa ?

La jeune fille glissa sur lui un regard douloureux où perçait un regret poignant.

— Delphine m'a dit… Il paraît que tu es tombé amoureux d'une fille d'en-bas. C'est donc vrai, Jean-Louis ? C'est sérieux avec elle ?

— Nous nous connaissons à peine, mais nous savons que nous sommes faits l'un pour l'autre, même si tout proclame le contraire. Je rêve de l'épouser, avoua Jean-Louis, un peu gêné devant le chagrin qu'Élisa ne pouvait pas cacher.

Mais son amie d'enfance s'était ressaisie et elle lui sourit avec vaillance.

— Je te souhaite tout le bonheur possible. Je souhaite que les choses s'arrangent avec la famille de celle que tu aimes.

Jean-Louis comprit qu'elle était sincère.

— Merci, Élisa. Tu es quelqu'un de bien !

— Toi aussi, Jean-Louis. Les parents de Florie finiront par le comprendre.

La jeune fille s'empara des mains de son ami et les serra avec élan. Et, comme honteuse d'avoir cédé à l'émotion, elle s'éloigna à grandes enjambées.

Delphine, qui était allée planter sa fourche dans une botte de paille, reparut alors. Elle entraîna Jean-Louis vers la maison.

— Par la faute de ces deux-là, le ragoût est froid ! bougonna-t-elle.

Et elle regarda Jean-Louis, tout en agitant sa tête hérissée de mèches rouge-brun aux racines blanches.

— Dieu sait que je ne me suis jamais mêlée de ta vie privée, mon fils, mais laisse-moi te dire quand même une chose, ou ça va m'étouffer ! Tu avais sous la main un trésor et tu l'as dédaigné ! J'espère que tu n'auras pas à le regretter.

Jean-Louis se laissa tomber sur le banc.

— Mère… Ne m'accable pas, je t'en prie ! Je suis si heureux et si malheureux à la fois ! Tout va si vite et pourtant je voudrais que ça aille plus vite encore !

Pensive, Delphine considéra son gars. Puis, de sa main fripée, abîmée par les durs travaux, elle ébouriffa le chaume pâle des cheveux du jeune homme.

— Tu sais, mon fils, l'amour c'est difficile à vivre entre deux êtres. Il y en a souvent un qui aime et l'autre moins ou pas du tout, et quand les deux s'accordent, eh bien ! c'est la famille ou la vie qui se chargent de leur mettre des bâtons dans les roues. Tu es bien placé pour le savoir, mon pauvre petit !

— Oh ! mère…

— Je me rappelle, poursuivit encore Delphine, quand tu avais seize ans, tu me disais : « Je veux trouver l'amour, le vrai, celui qui fait pleurer de joie ! » Mon petit, l'amour qui fait pleurer, peut-être bien que tu l'as trouvé ! Mais t'apportera-t-il la joie ?

Jean-Louis mangea en silence, sans appétit, puis il sortit. Le garçon regarda le ciel où couraient de légers nuages blancs et trouva qu'ils ressemblaient à des moutons que le vent dirigeait en direction du Mézenc pour les faire pâturer. Il se dit que son ciel à lui était bien sombre. Florie pourrait-elle s'échapper des Églantiers pour se rendre à leur prochain rendez-vous ?

Chapitre 6

Le ruisselet bavard roulait son eau limpide aux pieds de Jean-Louis. Le soleil, ardent, était déjà haut dans le ciel, et le jeune homme, qui avait ôté sa chemise, assis dans l'herbe, en ressentait l'insistante morsure sur ses épaules nues.

Impatient, torturé par l'angoisse et le doute, Jean-Louis se redressa. Une fois de plus, il scruta l'horizon de prairies et de champs étagés sur les collines rondes.

— Jean-Louis !

Il crut défaillir de bonheur : Florie arrivait, toute menue et si jolie dans une robe de cotonnade bleue. Légère, elle avait contourné le champ de blé. Jean-Louis s'élança et, pour la rejoindre plus vite, il s'engagea au milieu des épis. Florie cria :

— Non, pas ça, Jean-Louis. Arrête-toi !

Surpris, le jeune homme s'immobilisa. Florie arriva bientôt vers lui et avant même de lui dire bonjour, elle lui expliqua gravement :

— Ce champ sera bientôt moissonné. Ces épis, c'est du pain pour tous et pour celui qui a semé le blé aussi.

— Tu es bien une vraie paysanne ! dit-il en riant et en la serrant contre lui. Si tu m'embrassais au lieu de me faire la morale ?

— Pardon, mon Jean-Louis ! Mais comme tu as l'air bizarre ! Tu n'es donc pas content de me revoir ?

— Florie, mais je suis fou de joie ! Seulement, j'ai eu si peur ! Je craignais que tu ne puisses pas venir à notre rendez-vous. La semaine dernière, j'ai eu la visite de ton père et de ton frère. Une visite guère aimable.

— Je sais, dit Florie doucement. J'en suis désolée et leur comportement me fait honte. C'était une bien méchante façon de lier connaissance. Pourtant, mon père et mon frère m'aiment, à leur façon. Et moi, je les aime aussi, Jean-Louis, et leur attitude me torture.

— Je ne compte donc pas plus qu'eux ? demanda-t-il d'une voix sourde.

— Oh ! Si, Jean-Louis, tu comptes et plus que tout. Mais ils représentent ma famille… J'essaie de les comprendre. Tâchons de nous montrer patients.

Désormais il leur fallait ruser pour se rencontrer, car Florie était surveillée. Leur amour se fortifiait en dépit des obstacles. En même temps, ils se désolaient de ne pas se retrouver assez souvent. Jean-Louis avait un long chemin à faire pour gagner le village de Florie, et en général, il partait des Balmes la nuit du samedi au dimanche. Le retour était plus long encore, car il fallait monter. Un jour de pluie, à l'abri d'une cabane, ils firent l'amour pour la première fois. D'autres suivirent, moments magiques où les amoureux oubliaient tout… même la prudence la plus élémentaire.

En octobre arriva le temps des châtaignes, et Jean-Louis seconda Thomas Jolès. Les bogues alourdies se mettaient à tomber après les premières pluies et les ramasseurs se dépêchaient de commencer la récolte, plus facile avant que les feuilles mortes ne s'amoncellent sur le sol. Malgré sa fatigue et les jours qui avaient bien raccourci, Jean-Louis trouvait encore le temps de redescendre vers le bas-pays pour y retrouver Florie quelques heures.

Tout en travaillant, il écoutait Thomas Jolès lui parler du passé, de son enfance, de Floriane, l'arrière-grand-mère d'Élisa, qui l'avait recueilli, élevé et aimé comme Adeline, sa petite-fille. Il lui parlait aussi de son cousin Pierre, le forgeron, qui avait mal tourné, devenant un bandit de grand chemin sous l'identité du « Loup » de la Montagne. Pierre avait été abattu sur le chemin du bagne, en tentant de s'évader.

Thomas évoquait Adeline et les jours heureux, la voix brisée, le regard embué, et puis, d'un geste coléreux, il secouait son épaisse crinière qui avait été d'un roux flamboyant et qui, aujourd'hui, était grise par endroits, et c'était comme des braises sous la cendre.

— Floriane et Adeline m'ont tout donné, tout ! disait-il. Je suis devenu le maître de ce domaine et plus tard, Élisa en sera la maîtresse.

— À ce qu'on dit, avança prudemment Jean-Louis, Adeline, avant d'être votre épouse, s'était éprise du « Loup », sans savoir que sous le masque qu'il portait se cachait le visage de votre cousin Pierre, qui était aussi son premier fiancé.

— C'est vrai, je peux en parler aujourd'hui sans avoir le cœur brisé, d'autant plus que j'ai été heureux avec mon Adeline.

Thomas Jolès s'embarqua alors dans un long monologue. Il avait été fou d'Adeline. Mais Adeline avait vécu une folle passion avec le « Loup ». Si ce bandit qui détroussait les riches pour donner aux pauvres n'avait pas été dénoncé puis arrêté, elle aurait tout tenté pour le ramener sur le droit chemin. La tragique odyssée de Pierre et d'Adeline faisait frissonner Jean-Louis, mais il n'était pas loin de comparer son histoire avec Florie avec celle de ces amants qui bravèrent tous les interdits pour s'aimer quelques heures.

— Elle était prête à l'attendre toute sa vie s'il le fallait, vois-tu, Jean-Louis. Et quand elle a appris sa mort elle a été désespérée. Mais j'étais là, et je l'aimais. J'ai su la consoler. Nous avons été heureux, répéta-t-il, comme pour bien s'en persuader. Je caressais le rêve que toi et Élisa, vous vous plaisiez, mais le destin en a décidé autrement. Je te souhaite sincèrement d'être heureux avec ta Florie.

Après la Toussaint, la burle souffla, l'hiver s'abattit sur la région avec beaucoup d'avance et les chemins devinrent impraticables dans le haut-pays.

Les amoureux comprirent qu'ils devaient se résigner à une séparation provisoire. Il fut convenu qu'ils se retrouveraient au printemps.

Florie espérait arriver à convaincre sa famille, elle pensait que le temps accomplirait son œuvre au cours des longues semaines de l'hiver. Ces mêmes semaines, avoua Jean-Louis à sa mère, agissaient sur lui comme une lente usure morale. Mais, en décembre, tandis qu'un soleil inattendu amollissait les premières neiges, Jean-Louis reçut un message de Florie par l'intermédiaire d'un colporteur. Elle était enceinte et ne se sentait pas très vaillante. Pour les Deschamps, cet événement représentait un terrible scandale, mais, selon la jeune fille, ils étaient prêts à pardonner, à condition qu'elle ne revoie pas son « séducteur ». Il n'était pas question qu'elle épouse un garçon qui ne possédait aucun bien ! Ce mépris affiché avait indigné Delphine. Pourtant, elle était prête à accueillir Florie, à l'aimer comme une fille, si celle-ci, à sa majorité, trouvait le courage de quitter les Églantiers pour épouser enfin Jean-Louis qui, à ce moment, reconnaîtrait leur enfant.

À quatre heures de l'après-midi, le soleil avait disparu et, aux Églantiers, on s'apprêtait déjà à allumer les lampes. Lucienne, la femme de Baptiste Deschamps, regardait Florie à la dérobée.

Quelque chose en Lucienne se révoltait quand elle réalisait que cette frêle jeune fille attendait un bébé alors qu'elle, robuste femme ayant passé la trentaine, ne parvenait pas à conserver ses espoirs de maternité.

Pourtant, Lucienne éprouvait une sincère affection pour sa petite belle-sœur à qui elle avait servi de maman. Et elle se prenait à imaginer l'enfant de Florie un peu comme le sien, même si c'était injuste. La petite finirait bien par oublier ce grand dadais venu du haut-pays. Elle rencontrerait un garçon de chez eux, qu'elle épouserait, et avec qui elle aurait d'autres enfants. Et, qui sait, elle lui laisserait élever le petit bâtard.

Lucienne venait de Montpezat. Elle avait passé une enfance et une adolescence rudes à l'orée de cette bourgade qui permettait une halte ultime avant d'accéder au vaste plateau central. Elle avait manqué de tout, enfant, car son père était avare, mais elle avait apporté une belle dot aux Deschamps. Là-haut, parfois, se souvenait Lucienne, elle avait l'impression qu'elle habitait au bout du monde. Montpezat, malgré ses rues commerçantes, voyait ses alentours dominés par les murailles de rochers, les bois de châtaigniers. Au pays des Deschamps, proche de la vallée du Rhône, où pourtant la vie n'était pas toujours facile, Lucienne avait trouvé une certaine douceur de vivre. Cela tenait sans doute au climat, très ensoleillé, qui permettait la culture des vergers, de la vigne, des légumes primeurs. Mais, comme partout dans cet attachant mais âpre Vivarais, les cœurs demeuraient farouches.

Cet hiver pourtant s'était révélé éprouvant. D'abord, le vent d'ouest avait ronflé, prophétisant la pluie qui tournait au déluge, et les eaux avaient gonflé la rivière, large et libre, roulant dans un éparpillement de joyaux liquides. Puis la neige était venue et la burle qui sévissait dans le haut-pays avait sifflé méchamment. La température était tombée à dix degrés au-dessous de zéro. L'urine gelait dans les pots de chambre et l'ombre bleue des petits matins vous donnait la chair de poule.

Par chance, le printemps s'était montré précoce et sa bienveillance faisait oublier un peu les rigueurs de l'hiver et les dégâts qu'il avait causés.

Il était donc quatre heures de l'après-midi et Jean-Louis arrivait enfin après une périlleuse descente. Dans le pays bas, la neige n'avait pas tenu. Le garçon découvrait les toits du hameau aussi lisses qu'ils demeuraient dans ses souvenirs de l'automne. Là-haut, sur cette éminence tout de même poudrée de givre, vivait une jeune fille qui était devenue sa raison de vivre et portait leur enfant.

Peut-être pour se rassurer, Jean-Louis regarda autour de lui. Enclos par un horizon lointain de cimes floues, comme une dentelle déchirée se découpant en violet sur le ciel assombri, les espaces pentus et les mamelons faussement débonnaires semblaient s'aplatir à la façon de bêtes effrayées.

Dans les prés et les vergers rendus mornes par l'hiver, les arbres dépouillés montraient un hérissement de branches grêles qui, après la taille de printemps, retrouveraient des proportions harmonieuses. L'église, le petit cimetière et quelques maisons se serraient frileusement autour de la grande place où s'était étalée la foire.

Jean-Louis poursuivit son chemin. Les prés, de part et d'autre du sentier où il s'engagea, semblaient vernissés. Plus loin, dans les terres où, au milieu de l'automne, on avait récolté les maïs, les fanes se dressaient encore, telles des sentinelles surprises par l'hiver et foudroyées sur place.

Pour se réchauffer, il marchait vite, et pour s'encourager il pensait à leur première fois, souvenir si doux que des larmes d'émotion lui venaient aux yeux. Il rêva à un bonheur futur, une vie de couple et de jeunes parents. Un jour, cela arriverait. Dans un moment, sa bien-aimée serait dans ses bras, ils pourraient échanger toutes ces phrases tissées de magie qu'ils emmagasinaient dans leur cœur depuis trop longtemps.

Jean-Louis était arrivé aux Églantiers. Il regarda la ferme cossue qui semblait le défier. Quelque part, des chiens aboyèrent. La fumée qui s'élevait hors de la cheminée se fondait dans le crépuscule. Un abreuvoir montrait, à sa surface, une glace opaque façonnée par le froid.

Le grand gars passa une main nerveuse dans ses cheveux blonds puis, prenant son courage à deux mains, il traversa la cour et alla toquer à la porte de la ferme.

Chapitre 7

À sa grande surprise, la porte s'ouvrit tout de suite. Devant lui, sur le seuil, se tenait une femme encore belle, mais dont le visage avait perdu le velouté de la jeunesse. Jean-Louis devina qu'il s'agissait de Lucienne Deschamps, la belle-sœur de Florie.

Ils se mesurèrent du regard, chacun restant sur la défensive. Puis le gars déclara fermement :

— Je voudrais rencontrer le maître des Églantiers.

— Entrez ! invita Lucienne, impassible.

Jean-Louis la suivit dans une vaste pièce où tous les membres de la famille se retrouvaient chaque soir. Elle tenait lieu de cuisine et aussi de pièce à vivre et était aussi confortable et cossue qu'une salle à manger de bourgeois. Un gros poêle de fonte ronflait en dévorant sa cargaison de bûches. Le père Deschamps et son fils Baptiste étaient assis, le dos un peu courbé, à la longue table patinée par le temps et le frottement des coudes. Devant eux étaient placés un plateau de fromages, un pain rond, entamé, et un pichet de vin.

Les deux hommes levèrent les yeux vers l'arrivant. Lucienne se plaça derrière son mari. Et Jean-Louis resta debout sous le feu ardent des regards remplis de hargne. Il se décida à parler sans attendre.

— Je suis venu pour vous demander Florie en mariage.

Imperturbable, le père Deschamps se tailla une tranche de pain. Essayant d'oublier un instant sa situation inconfortable, Jean-Louis laissa son regard errer sur le décor où évoluait celle qu'il aimait tant. Oui, c'était une belle demeure que possédaient les Deschamps ! Même les Jolès n'accumulaient pas autant de meubles créés et façonnés avec amour par des ébénistes de talent.

Dans un angle de la pièce, sur une caisse renversée, garnie de branches de sapin et de houx, une petite crèche avait été installée avec quelques santons de cire. Un Enfant Jésus reposait sur une planchette figurant un berceau où étaient collés des épis de seigle. Ces épis évoquèrent pour Jean-Louis les longues promenades de l'été dernier avec Florie au bord des champs de céréales. La crèche, elle, lui rappela que Noël arriverait bientôt, et l'Enfant Jésus, qu'un bébé allait naître. Son enfant et celui de Florie !

Ces deux-là qui le fusillaient du regard semblaient ignorer ce détail !

Une brusque colère s'empara de lui, mais il se calma, dompté par l'exemple de Florie. Malgré sa fatigue et son angoisse quant à l'avenir, prisonnière en somme des Églantiers, elle préparait Noël et pas seulement pour elle. Florie partageait son espoir fervent en un monde meilleur avec la maisonnée, avec les membres de cette famille qui l'aimaient – hélas bien mal, la considérant comme leur bien, dont ils pouvaient disposer à leur gré.

Jean-Louis se sentit soudain las et découragé. Ses velléités de bagarre, de révolte, s'évanouissaient. Où était Florie ? Joannès Deschamps se servit une rasade de vin. Il s'essuya les lèvres d'un revers de main et daigna enfin s'adresser au jeune homme, toujours debout.

— Je pensais bien que tu allais venir ! Tu en as de l'audace, après les recommandations que nous t'avons portées jusque chez toi dans la montagne !

— Il ne s'agit plus de moi et de Florie uniquement. Il s'agit d'un enfant, que mon devoir est de reconnaître.

— Tu espères toujours épouser ma fille ? Voyez-vous ça ! Et tu t'es dit : « Pour fléchir le vieil imbécile, on va faire un petit ! » Eh bien ! C'était un mauvais calcul !

— C'est faux ! Nous n'avons pas voulu précipiter les événements. Le petit est venu, voilà tout. Nous nous aimions si fort !

— L'amour, sornettes ! dit le père Deschamps avec un ricanement.

Jean-Louis serra les poings dans ses poches. Il ne devait pas s'emporter, à cause de Florie.

— Dans l'intérêt de l'enfant, vous devez accepter ce mariage !

— Dans son intérêt, dis-tu ? Mais son intérêt, à ce petit, c'est de grandir aux Églantiers et d'en hériter un jour ! Tu as mieux à lui proposer ?

— Oui, maître Deschamps. L'amour d'un père. Un foyer où il sera aimé.

— Chez nous aussi, on l'aimera. Suffit, à présent !

Le père Deschamps tapa du plat de la main sur la table, et les verres s'entrechoquèrent. Lucienne, gênée à présent, baissait la tête.

— Mon petit-fils ne s'appellera jamais Villard, tu dois t'en persuader. Je préfère qu'il reste bâtard.

— Et un bâtard qui porte le nom respectable des Deschamps deviendra un homme respecté, dit Baptiste, plus loquace chez lui qu'à l'extérieur des Églantiers.

Le cœur de Jean-Louis s'affolait, ses poings fourmillaient de l'envie d'écraser ces bouches qui lui jetaient des mots si cruels, qui l'écartaient et le repoussaient loin de Florie et de leur petit. Mais encore une fois, il se domina et il objecta, d'une voix aussi calme que possible :

— Florie sera majeure un jour, et vous ne pourrez pas empêcher ça !

— D'ici là, elle t'aura oublié, on va tout faire pour cela. Maintenant, dehors !

Un voile rouge passa devant les yeux du fils de Delphine. Une houle de violence le submergea. Il crut qu'il allait bondir sur le père Deschamps, sans respect pour son âge, mais, encore une fois, il parvint à se maîtriser. Florie détestait la brutalité. Et, malgré la tyrannie de ces deux hommes, n'avait-elle pas dit et répété qu'elle les comprenait et les aimait toujours !

— Je veux voir Florie ! reprit Jean-Louis d'une voix tranquille mais ferme. Avant de repartir, je veux être certain qu'elle se porte bien et que vous ne la gardez pas prisonnière.

Baptiste Deschamps jeta un coup d'œil en biais à son père, puis regarda sa femme et haussa les épaules. Il partit d'un gros rire insultant. Sous ses cheveux bruns qui semblaient avoir été coupés autour d'un bol, son visage était rude, sans âge. Cet homme encore jeune ignorait-il l'amour ? Ne se souvenait-il pas de l'époque où il se serait jeté au feu pour l'élue de son cœur ?

— Vous enfermez Florie ! accusa Jean-Louis.

Joannès Deschamps haussa les épaules et laissa à son fils, goguenard, le soin de riposter :

— Alors là, Villard, tu te trompes. Je gage qu'en ce moment la prisonnière dont tu parles se tient derrière la porte de sa chambre et qu'elle écoute cette conversation ! Viens-t'en, Florie, viens te faire voir à ce « marquo mâou » ! – ce marque-mal –, afin qu'il ne raconte pas à tout le monde que ta famille te maltraite !

Une porte, au fond de la pièce, s'entrouvrit doucement. Et Florie parut. Ses longs cheveux bruns, lisses, croulaient sur ses épaules étroites. Elle portait une large robe de lainage, sous un châle, mais son corps frêle flottait encore dans les plis amples et son état n'était pas visible. Sa tenue sévère, loin de la vieillir, la rendait encore plus enfantine, et le cœur de Jean-Louis se serra.

Il fit un pas, puis un autre, avant de s'immobiliser, paralysé par le bonheur de revoir celle qu'il aimait, et aussi par une peur indéfinissable.

— Florie, ma mie !

Elle sourit et il s'élança, pour s'arrêter de nouveau à quelques pas de la jeune fille. La scène lui paraissait irréelle, c'était un peu comme s'il flottait, comme s'il rêvait. Sa bien-aimée était si petite et si délicate ! Pourrait-elle mener à bien sa grossesse ? Tant de femmes, plus fortes, y laissaient leur santé, parfois leur vie. Florie levait vers lui son visage aux traits si fins. Ils se regardèrent, d'une manière intense et avide, et, sans se toucher, ils sentirent leur amour les envelopper. Ils avaient oublié les Deschamps qui les observaient.

Les hommes gardaient leur visage irrité, mais Lucienne s'était sentie frémir d'une émotion étrange, tant elle les trouvait beaux, ces amoureux qu'elle enviait, au fond, secrètement, sans trop se l'avouer encore, et pas seulement pour l'enfant.

Mais l'euphorie de Jean-Louis ne dura pas. Il venait de remarquer combien le visage de Florie s'était aminci ; ses yeux étaient comme une eau insaisissable entre les cernes prononcés et mauves qui marquaient sa peau transparente.

Jean-Louis se courba vers la jeune fille.

— Ma mie... Te portes-tu bien ?

— Je suis fatiguée, un petit peu, je vomis le matin, je ne mange pas grand-chose, mais Lucienne dit que ça reviendra, que c'est normal.

— Florie, chuchota-t-il, prends tes affaires et viens avec moi. Nous n'avons pas besoin de leur consentement pour vivre ensemble. Nous nous marierons à ta majorité.

— Tu sais bien qu'ils ne me laisseront pas partir comme ça et puis… Je veux entrer dans ta maison à ton bras, comme ton épouse.

La voix mauvaise du père Deschamps s'éleva :

— Vous deux, avez-vous bientôt terminé vos messes basses ? À présent que tu as vu ma fille et constaté que nul ne la maltraite ici, tu vas déguerpir, Villard !

Jean-Louis ne réagit pas. Il restait perdu dans le regard de Florie, ce regard qui maintenant parlait d'été, de tendresse et d'espoir. Elle se ressaisit la première et tenta de lui faire admettre un point de vue plus raisonnable :

— Il faut que tu partes à présent, mon Jean-Louis. Quand notre enfant sera né, je te le ferai savoir. Il est plus sage de nous soumettre, pour le moment. Mais, je te le jure : un jour, je serai ta femme ! Je suis persuadée que mon père finira par accepter notre mariage. Surtout quand l'enfant sera né. Il va prendre des renseignements sur toi et comprendra que l'argent et les biens, ce n'est pas tout. Tu es honnête et travailleur, et cela compte !

— N'espère pas que je change d'avis, ma fille ! se récria le père Deschamps.

Mais sa voix toujours si rude s'était adoucie pour s'adresser à Florie et Jean-Louis l'avait remarqué. Il était rassuré sur un point : même mal, Florie était aimée par cet homme.

Jean-Louis se tourna lentement vers les Deschamps. Puisqu'il ne pouvait pas se permettre de livrer bataille à sa façon, avec ses poings solides, comme il en avait tellement envie, il aurait au moins la satisfaction d'envoyer une phrase vengeresse à ce père abusif, à ce frère buté.

— Après tout, cela m'est égal si Florie ne peut pas vous convaincre. J'attendrai sa majorité. Et quand j'aurai la loi de mon côté, vous ne pourrez plus rien faire. J'ai confiance en Florie. Elle m'attendra aussi.

Le père Deschamps devint écarlate. Florie posa sa main légère sur le bras de Jean-Louis.

— Calme-toi, mon Jean-Louis. Il faut t'en aller maintenant, même si ça nous déchire le cœur. Sois fort, sois courageux ! Tu m'aideras beaucoup, ainsi.

Bravant son père et son frère qui étaient à bout de patience, elle se hissa sur la pointe des pieds et effleura de ses lèvres la bouche frémissante de Jean-Louis. Tremblant, il la serra quelques secondes contre lui tandis qu'elle assurait avec fougue :

— Je t'aime et tu m'aimes aussi. Nous attendrons ! Un jour, nous vivrons ensemble, avec notre enfant.

Ainsi, c'était elle, la fragile jeune fille qui, malgré les angoisses et les fatigues d'une grossesse lourde à porter, le réconfortait, l'imprégnait de sa force morale, lui qui était solide, éclatant de santé. Honteux, il baisa les mains de Florie.

— Mon amour, ma mie, oui je serai patient. Prends bien soin de toi !

— Ça suffit, ces roucoulements de pigeons, et sous mon nez encore ! gronda le père Deschamps. File maintenant ou je prends mon fusil !

Après un dernier regard à Florie, un regard que Lucienne trouva poignant, Jean-Louis se dirigea vers la porte et la referma lentement. Il fit quelques pas dans la cour, s'arrêta, se retourna pour regarder la maison dont les murs lui dissimulaient Florie. Mais il lui fallait bien partir ! Il traversa la cour pour aller rejoindre le sentier. Le froid piquait son visage. Là-haut, dans la montagne, il devait neiger à nouveau. Tout était sombre.

— Montagnard !

Il sursauta. Dans l'obscurité naissante, il reconnut la femme. Lucienne Deschamps. Elle l'avait rattrapé.

— Je voulais vous dire… Je prendrai grand soin d'elle !

— Merci.

Lucienne parut hésiter, puis, brusquement, elle fit volte-face.

Jean-Louis poursuivit son chemin. Tout s'estompait dans l'ombre. Seul, le ciel figé brillait comme un sombre miroir reflétant des lueurs. Le froid givrait son haleine. Encore une fois, il se retourna. À la ferme des Églantiers, on avait tiré les volets qui cachaient les lumières vacillantes des lampes à pétrole.

La tête vide, Jean-Louis arriva en bas, sur la route. Il avait soif, comme s'il brûlait de fièvre. Le sentiment d'être impuissant face aux événements l'accablait. Une dernière fois, son regard fouilla la nuit précoce, du côté des Églantiers. Mais où se cachait dans tout ce noir la campagne riante qui avait abrité leurs amours d'été ? La belle saison reviendrait-elle un jour ? Jean-Louis pensa à sa mère, qu'il avait hâte de retrouver. Ah ! Qu'il avait besoin de sa verve, de sa gouaille, de son affection bourrue ! Il était malheureux et, lui qui ne pleurait jamais, sentait ses yeux se mouiller.

Delphine avait raison.

Un grand amour, ce n'est pas si simple à vivre, ça apporte autant de souffrance que de joie. Oui, ça fait mal, trop de bonheur reçu puis mesuré et repris, un bonheur vers lequel on tend sans cesse. En espérant malgré tout.

Chapitre 8

Depuis le matin, Florie se sentait lasse et nauséeuse. Elle était partie néanmoins avec les chèvres, dans le pré bordé par un bosquet de châtaigniers sauvages. Depuis une quinzaine de jours, le beau temps revenu permettait au bétail de brouter une herbe savoureuse ; les biques raffolaient des bourgeons craquants, des branchages gonflés de sève et de leurs tendres feuilles neuves.

Cette tâche de gardienne qui était dévolue à Florie depuis qu'elle était une petite fille permettait à la rêveuse de laisser vagabonder ses pensées. Et elle songeait souvent à Jean-Louis. Cependant, elle prenait plaisir à s'adresser à quelqu'un de plus proche encore : son enfant. Elle était persuadée qu'il s'agissait d'un fils. Cependant, depuis plusieurs jours, le bébé ne bougeait pas. Inquiète de ne plus le sentir frémir à fleur de peau, Florie avait confié son angoisse à Lucienne.

— « C'est parce que le petit est trop gros, à présent, il n'a plus la place ! » avait rétorqué sa belle-sœur avec un regard d'envie sur ce ventre tendu à éclater.

Florie comprenait l'amertume de Lucienne. Parfois, prenant son chapelet, elle égrenait les perles de buis sous ses doigts, offrant ses Ave à la Mère du ciel, pour que celle-ci intercède en faveur de Lucienne et la rendît mère à son tour.

Généreuse, Florie priait d'abord pour autrui avant de demander le bonheur pour elle. En réalité, ce bonheur lui paraissait flou et lointain, comme un rêve qui vous enchante mais qu'on ne vit pas réellement. Au début de leur longue séparation, si Jean-Louis lui avait manqué à en hurler, ensuite elle s'était résignée et vivait repliée sur elle-même, en fusion totale avec l'enfant qu'elle portait.

Cet enfant la ramenait aujourd'hui davantage à sa propre mère qu'à Jean-Louis. Florie avait souffert de la mort de sa mère. Malgré tous ses efforts, Lucienne, jeune épousée, n'avait pu la remplacer dans le cœur de Florie. Et elle se souvenait avec émotion du visage doux, à la peau si pâle, comme translucide, de celle qui lui avait donné la vie. De ses grands yeux bleu sombre – les siens étaient plus clairs.

Sautant les fossés qui ceinturaient le pré, les chèvres, mues par leur seul caprice, se précipitèrent soudain en direction du bois. Florie les imita à son rythme et foula un sentier où les fougères neuves déplieraient bientôt leurs crosses.

Elle laissait aux bêtes une entière liberté, mais ne les perdait pas de vue. Quand ces gourmandes seraient repues, d'elles-mêmes elles se regrouperaient.

À ses pieds, dans les feuilles mortes de l'automne dernier qui formaient une couche épaisse, Florie aperçut les premières touffes de violettes. Elle essaya de se baisser, pliant les genoux pour les cueillir, mais n'y parvint pas. Elle renonça, car si elle tombait en arrière, elle ne pourrait pas se relever. Elle marcha encore un peu, en surveillant ses ouailles. La plupart des chèvres étaient prêtes à mettre bas, c'était l'époque, et leurs pis distendus ballaient sous leurs flancs palpitants.

Florie les regarda avec amitié et s'assit sur une souche, avec mille précautions. Dans le bois, on sentait moins le vent qui demeurait froid. On racontait que la neige recouvrait encore le haut-pays, appelé la Montagne. Les Balmes étaient sur le chemin du grand plateau. Y vivrait-elle un jour ? Elle se souvenait de la foire, des images colorées, du bruit des charrettes à claies remplies de bestiaux. Elle se rappelait la rencontre, sur le parvis de l'église, juste avant Vêpres. Mais comme cela paraissait loin !

Florie se redressa, se tenant le dos. Elle se sentait ankylosée et de plus en plus nauséeuse. Elle appela ses chèvres, qui se montrèrent étrangement dociles, comme si elles sentaient le malaise de leur maîtresse.

Il était tôt encore, mais Florie, envahie par une angoisse qu'elle ne pouvait définir, renonça à s'enfoncer plus avant dans le bois et elle rebroussa chemin.

À l'orée du pré, elle s'arrêta, attentive. Des lanières de feu lui fouettaient les reins. Une sorte de crampe serrait son abdomen, comme un étau ; puis ça passait avant de revenir d'une manière plus prononcée.

Elle essaya d'oublier ces douleurs assez espacées. Les jours avaient bien allongé, aussi s'obligea-t-elle à promener les chèvres dans le pré tout le temps nécessaire, bien qu'elle fût pressée de prendre le chemin du retour. Elle évitait maintenant de s'arrêter et de faire une pause, car ensuite il lui était plus difficile de marcher et de retrouver la cadence. Elle n'avait pas touché au contenu de son sac – pain, lard et pommes. Vers cinq heures, elle rentra, se traînant derrière les biques repues. Il fallait encore les traire, mais depuis quelques semaines Lucienne l'aidait.

L'odeur forte de l'étable lui arracha un haut-le-cœur, comme au début de sa grossesse. Lucienne l'attendait avec les seaux.

— Tu n'as pas bonne mine, remarqua sa belle-sœur, approchant la lampe du visage de la jeune fille.

— Je suis plus fatiguée que d'habitude, avoua Florie sans s'étendre sur ce qu'elle éprouvait réellement. J'ai hâte de retrouver mon lit !

— Rentre à la maison et mets-toi au chaud. Je me débrouillerai seule.

— Dis, Lucienne, comment on s'aperçoit qu'on va accoucher ? demanda naïvement Florie.

— Oh ! C'est différent pour chaque femme. Tu ne te sens pas bien ? s'inquiéta sa belle-sœur. Normalement tu ne dois pas mettre ton enfant au monde avant trois bonnes semaines.

— Oui, la sage-femme l'a dit. Je suis lasse, c'est tout, ne te fais pas de souci.

— Je crois qu'il faudra te ménager davantage et, dès demain, nous laisserons les chèvres au clos.

— Tu es gentille, Lucienne. C'est vrai, j'ai de plus en plus de mal à me mouvoir. Je vais aller me coucher sans attendre.

— Prends un peu de soupe, avant.

Florie rentra, laissant pour la première fois son travail à Lucienne sans en éprouver la moindre culpabilité. Les hommes n'étaient pas revenus et elle en fut soulagée. La soupe mijotait dans une marmite en fonte, en attendant d'être « trempée », ce que l'on faisait en la versant sur de larges tranches de pain.

Florie aurait pu en prendre une assiettée, mais l'odeur pourtant si appétissante la révulsait. Elle mit un peu d'eau dans une cuvette, lava ses mains et son visage brûlant puis gagna sa chambre. Elle enleva ses vêtements, enfila une ample chemise de toile. Enfin elle se coula entre les draps, cherchant l'oubli dans un sommeil qui n'avait rien de reposant.

Dans la nuit, des gémissements étouffés réveillèrent Lucienne. Elle repoussa le bras musclé de Baptiste posé en travers de son corps et, s'enveloppant de sa cape, elle poussa la porte de sa belle-sœur. Un moment après, elle revenait en courant et réveillait Baptiste. Il grogna et la considéra avec des yeux rapetissés.

— Hé ! Que se passe-t-il, femme ?

— Florie… Florie ne va pas bien. Elle va avoir son bébé plus tôt que prévu.

— Manquait plus que ça ! Quelle heure est-il ?

— Trois heures. C'est le mauvais moment de la nuit, j'aime pas trop. Habille-toi et va quérir la sage-femme.

— Nous voilà beaux ! maugréa Baptiste, mais il sauta du lit et s'habilla rapidement à la lueur vacillante de la lampe à pétrole que Lucienne avait rallumée.

Le cœur étreint par l'inquiétude, la femme alla ranimer le feu. Elle plaça un grand chaudron rempli d'eau sur le poêle en fonte que tout le monde leur enviait. Puis, désemparée, elle retourna au chevet de Florie. Elle lui prit la main. Lucienne n'avait jamais assisté à un accouchement et elle n'avait pas eu d'enfant. Le mystère de la naissance l'attirait et la terrifiait tout autant, mais elle ne devait pas laisser voir sa panique à Florie. La sage-femme arriva vers cinq heures, avec Baptiste qui l'avait ramenée dans la charrette par le chemin qui contournait les Églantiers.

— Si Florie a le cœur fragile comme sa mère, je ne réponds de rien, déclara tout de suite la vieille femme, prénommée Germaine.

— Elle a bien supporté sa grossesse ! balbutia Lucienne.

— Certes, mais l'accouchement représente une épreuve autrement difficile pour un petit bout de fille comme Florie.

Lucienne entendait des bruits venant de la salle. Le père avait dû se lever et Baptiste ne s'était pas recouché. Ma foi, ils se débrouilleraient pour faire réchauffer la soupe.

Elles retournèrent dans la chambre de Florie. La sage-femme souleva la chemise de la future mère. Lucienne, effrayée, regardait ce gros ventre parcouru de frissons.

Germaine se désinfecta les mains et les avant-bras, enduisit ses doigts d'un baume de sa composition et les glissa dans l'intimité de Florie, qui gémit.

— Ça avance vite ! décréta la sage-femme. Courage, ma mie !

Lucienne tendit à Florie ses mains déjà calleuses.

— Accroche-toi, serre fort si ça peut te soulager.

Florie redressa un peu la tête :

— Je vais mourir, n'est-ce-pas, madame Germaine ? J'ai vraiment trop mal.

— Ne dis pas de sottises, protesta la vieille femme d'un ton bourru. Tout se passera bien si tu coopères. Ne parle pas trop, épargne ton souffle et tes forces.

Elle se tourna vers Lucienne :

— Je compte sur toi pour me seconder.

Lucienne inclina la tête. Elle plaignait Florie dont le visage creusé était couvert de sueur ; les gémissements qu'elle poussait la torturaient. Elle balbutiait des paroles sans suite. Pourtant l'Ardéchoise aurait tout donné pour être à la place de sa jeune belle-sœur, guettant le premier cri d'un enfant passionnément attendu, et combien nécessaire pour elle. À mesure que les années filaient, son espoir s'amenuisait. Qu'avait-elle fait pour être privée de la joie d'enfanter, de tenir dans ses bras un être né de sa chair ?

Lucienne étouffa un soupir. La compassion l'emportait sur la jalousie et l'amertume. Elle n'avait pas d'enfant, soit ! Eh bien ! Le fils de Florie deviendrait un peu le sien ! Elle l'aimait déjà, d'ailleurs, ce petit garçon. Car il ne pouvait s'agir que d'un gars ! Florie l'avait porté haut, le ventre en avant.

Entre deux contractions, les dernières avant l'expulsion du bébé, Florie sembla retrouver sa lucidité.

— Lucienne, tu es là…

— Je ne te quitte pas, ma mie, n'aie crainte. Et reprends courage, c'est bientôt fini !

— Oh, Lucienne, je ne sais trop ! J'ai tellement mal ! Et lui aussi doit souffrir. Je ne veux pas qu'il meure, mon petit. Je l'aime tellement déjà. Aide-moi !

Parce que la jeune fille lui disait : « Aide-moi ! » Lucienne se sentit galvanisée. Elle redevint la fille indomptable, la femme courageuse qui menait sa maison d'une main ferme et tenait tête au terrible Baptiste, cet homme qui l'avait choisie, aimée, qui avait vu en elle celle qui lui donnerait des fils. Celle qu'il ne désirait plus avec autant d'ardeur, mais qu'il respectait toujours, pour la force et la droiture de son caractère, pour son profond attachement à la terre et à leur famille.

Lucienne contempla Florie qui se tordait à présent en criant, dans un effort désespéré pour se délivrer du fardeau qui l'écartelait. Non, elle n'avait jamais assisté à un accouchement, mais elle se remémora toutes les mise-bas de chevrettes étroites qu'elle avait à son actif, et même celle de la jument préférée de Baptiste, qu'elle avait sauvée.

La Germaine, désemparée par le tour dramatique que prenait la situation, apprécia aussitôt l'aide de Lucienne. Car Florie ne poussait plus, elle restait passive ; sa respiration saccadée, son teint violacé, inquiétaient la sage-femme. On apercevait pourtant le crâne du bébé, recouvert d'un fin duvet blond. Mais Germaine n'osait affirmer à Lucienne que, puisque la tête était là, le reste suivrait bien ! Alors, d'instinct, Lucienne, cette femme au cœur farouche, su trouver les gestes qu'il fallait. Elle se révéla plus douce que Germaine, blasée d'avoir mis tant d'enfants sur terre et dont les vieilles mains avaient perdu leur force. Elle dégagea doucement la tête, puis les épaules du bébé. Enfin, le petit être poussa son premier cri, tandis que Florie, apaisée, retombait sur ses oreillers.

Lucienne contempla l'enfant tout petit mais vigoureux, et bien constitué ! Un garçon ! Une émotion puissante la fit frémir de la tête aux pieds et elle eut un sursaut de révolte quand la Germaine prit le nouveau-né qui vagissait faiblement et le déposa sur le ventre de Florie. Il se calma aussitôt.

— Le petit vivra ! assura la sage-femme, en aparté. Et j'espère que la maman va s'en sortir. Elle a perdu beaucoup de sang et je redoute une hémorragie.

« Si Florie meurt, pensa fugacement Lucienne, j'élèverai le petit. Il deviendra mon fils ! »

Puis, honteuse, l'Ardéchoise repoussa cette affreuse pensée.

Florie devrait vivre !

Chapitre 9

Jean-Louis marchait d'un bon pas. Après ces mois d'hiver terrifiants comme une éternité de ténèbres, il avait pris la décision de se rendre aux Églantiers et de serrer Florie dans ses bras, n'en déplaise à sa famille.

L'enfant devait naître dans une quinzaine de jours, avait calculé Jean-Louis, et sa place était au côté de Florie pour la soutenir au moins moralement.

Le printemps avait métamorphosé la campagne. Devant ce foisonnement végétal, cette abondance de fleurs qui jaillissaient partout, Jean-Louis se sentait un peu réconforté. Le pays bas, par son accueil chaleureux, l'encourageait !

À présent, l'Ardéchois courait presque. Il avait repéré, derrière les carrés ocre des petits champs labourés, une ligne verte et touffue : la haie cachant le ruisseau gonflé d'une eau impétueuse. Mais Jean-Louis était trop impatient pour accomplir un détour et s'arrêter un moment dans cet endroit paisible, tout imprégné de souvenirs.

Il leva la tête. L'éminence verdoyante qui portait sur son dos le hameau des Églantiers se découpait contre le ciel bleu.

Tout au fond de l'horizon, dans l'air transparent, les montagnes d'où il venait étaient visibles, mais elles restaient lointaines, comme un de ces mirages que les yeux éblouis aperçoivent dans le désert. Les céréales se hissaient déjà dans les terres grasses et formaient leurs épis. Les cris des enfants appelant le bétail résonnaient partout. Une cloche tinta, au village, annonçant la grand-messe et rappelant qu'on était dimanche.

Jean-Louis était parvenu à l'entrée du sentier – ce raccourci qu'il avait déjà emprunté plusieurs fois dans un état d'anxiété. Il s'arrêta, incapable de s'y engager. Sa peur revenait, mais elle ne concernait pas les Deschamps. Il retourna sur ses pas et rencontra un gamin qui portait deux gros pains ronds. Jean-Louis l'interpella :

— Dis-moi, petit, connais-tu la famille Deschamps ?

— Ben oui, comme tout le monde.

— Et Florie ?

— Oui, bien sûr, c'est une amie de ma sœur Lisette. Pauvre Florie !

— Pourquoi dis-tu « pauvre Florie » ? s'affola Jean-Louis.

Le gamin secoua sa tignasse embroussaillée.

— Florie est très malade. Elle a eu son bébé, mais il s'est produit des complications.

Une main de glace étreignit le cœur de Jean-Louis. Son méchant pressentiment ne l'avait pas trompé.

— Et… le bébé ? Il vit ?

— Oui. C'est un gars, on raconte. Alors, c'est-y vous le père de ce bébé dont tout le monde jase ?

Jean-Louis inclina la tête.

— Petit, veux-tu me rendre un service ? Il faudrait que je rencontre l'épouse de Baptiste Deschamps. D'après ce que m'a raconté Florie, Lucienne n'est pas une mauvaise femme. Elle ne refusera pas de me donner des nouvelles et de m'aider à voir Florie.

— Je le souhaite pour vous. Vous m'avez l'air bien brave. Je vais aller trouver la Lucienne de votre part et je lui dirai que vous l'attendez vers le ruisseau.

Viendrait-elle ? Jean-Louis marchait de long en large sur les berges du ruisseau. Florie avait accouché avec trois semaines d'avance et elle n'allait pas bien du tout. Il comprenait, à présent, pourquoi elle n'écrivait plus.

Il s'assit sous un saule qui, l'année précédente, avait entendu leurs serments d'amour. Un bruit de pas précipités le tira de ses pensées brouillées par l'angoisse. Lucienne Deschamps se tenait devant lui, endimanchée. Elle s'apprêtait sans doute à se rendre à l'église. Il se releva promptement. La femme n'était pas hostile, il le comprit à son sourire.

— Florie… Comment va-t-elle ?

— Elle va s'en sortir, affirma Lucienne. Maintenant ça a l'air d'aller, l'hémorragie s'est arrêtée et elle se sent moins oppressée.

— Et le petit ?

— Il est minuscule, quatre livres, à peine, mais il veut vivre ; et à présent que sa mère a du lait, il va démarrer.

— Ça a été difficile, n'est-ce-pas ? Florie a vu la mort de près ?

— Elle est si délicate ! C'est peut-être une chance que le bébé soit né en avance ; plus gros, il n'aurait pas passé.

Jean-Louis pâlit. Des images horribles défilaient dans son esprit. Florie, écartelée, souffrant le martyre pour mettre au monde le fruit de leur amour ! Florie, exsangue, à bout de forces... Il baissa la tête, accablé. Pourquoi la naissance d'un enfant, qui est la plus belle chose du monde, doit-elle passer par tant de souffrances pour certaines femmes ? Il se sentait soudain une âme de vaurien, c'était par sa faute que Florie avait enduré ce supplice.

— Je voudrais tellement la voir, lui dire que je l'aime plus que jamais ! Que je regrette...

— Quoi ? D'avoir fait cet enfant ? Florie est si heureuse ! Et je l'envie, avoua Lucienne d'une voix sourde. Je n'ai jamais pu mener une grossesse à terme.

— Un jour, peut-être... dit Jean-Louis gauchement.

— Si Dieu veut ! Après toutes ces années de mariage... J'ai déjà trente-quatre ans... Et l'enfant de Florie est devenu un peu le mien, dit Lucienne sans se douter de l'inquiétude que suscita cette phrase pour Jean-Louis. Mais, reprit-elle, pour en revenir à ce que vous souhaitez... Oui, votre visite lui ferait du bien. Mais il y a son père... et mon mari Baptiste. Peut-être plus tard dans l'après-midi, quand ils partiront aux champs. Tentez le coup. Je ne peux pas dire mieux.

— Ils n'accepteront jamais notre mariage ?

— Non, j'en ai peur. Il vous faudra attendre que Florie soit majeure.

Jean-Louis eut en mémoire quelques phrases des lettres envoyées tout au long de ces interminables mois, des lettres remplies d'espoir. « Le temps travaille pour nous ». C'était Florie qui supportait l'épreuve et lui qui s'effondrait ! Il redressa les épaules, le courage lui revenait. Florie l'aimait toujours, elle voulait le voir ! Eh bien ! Il braverait les Deschamps.

— Je viendrai donc dans l'après-midi. Je préfère ne pas rencontrer son père et votre mari, mais, s'ils sont là, je les affronterai.

Chapitre 10

Jean-Louis mangea une tranche de pain et un morceau de fromage tirés de sa musette et se rafraîchit au ruisseau. Observant la course du soleil, il décida que le moment était venu de se rendre aux Églantiers. Il longea les ségalas, dont la jeune houle frémissait à peine dans la chaleur. Il apercevait des bleuets, pareils à des milliers d'yeux bleus émaillant l'écume blonde du champ. Avec précaution, il forma un bouquet en prenant bien soin de ne pas abîmer un seul des épis gonflés : il avait retenu la leçon de Florie ! Puis il prit la direction des Églantiers.

Il traversa la cour de l'imposante ferme. Les Deschamps n'étaient pas partis. Ils avaient entendu des rumeurs concernant l'arrivée au bourg du « bon ami » de Florie. Ils se tenaient sur le seuil comme pour interdire l'accès des lieux à celui qui arrivait. Baptiste avait un mauvais regard. Jean-Louis soupira et s'arma de patience, décidé à ignorer toute provocation.

— Voilà le jeune loup du pays haut ! ricana le mari de Lucienne. Il est sorti des bois pour voir son rejeton.

— Je ne sais pas qui du loup ou des chiens de garde sont les plus cruels, riposta Jean-Louis, ignorant ses résolutions pacifiques.

Les yeux de Baptiste s'assombrirent.

— Tu me cherches, voyou de « pagel » ?

Jean-Louis serra fort les bleuets contre lui, au risque de les écraser. Lucienne s'était faufilée entre les deux hommes. Elle s'accrocha au bras de son mari.

— Vous n'allez pas vous battre, là, à deux pas de la chambre de Florie ! Je t'en prie, Baptiste… Et vous, père, soyez raisonnable ! Pensez à Florie qui a vu la mort de si près et qui est encore si faible ! Elle serait si heureuse si elle pouvait présenter le bébé au Montagnard. Après tout, il a bien le droit de voir son enfant.

— Non ! Il ne le verra pas ! affirma Baptiste. Cet enfant est à nous.

Et il fonça, comme un taureau affolé par une rage aveugle.

Jean-Louis recula, évita comme en se jouant le poing détendu. Il déposa son bouquet sur le sol et revint affronter le fils Deschamps. Baptiste avait attaqué de nouveau. Et, de nouveau, Jean-Louis para le coup. Ce n'était pas difficile pour lui. Il avait appris à se battre dans les campements de bûcherons, c'était cela ou se laisser écraser. La loi de la nature semblait ainsi faite : seuls les plus forts et les plus malins survivaient et se faisaient respecter dans ce monde peuplé de mâles frustes.

Baptiste Deschamps ne décolérait pas, aussi le fils de Delphine ne résista plus à son envie. Ce coup-de-poing, qu'il avait gardé trop longtemps en réserve, il l'assena enfin sur le mauvais visage de son adversaire. Le père Deschamps n'avait pas fait un geste. Les bras croisés, il se contentait d'observer les belligérants. Soulagé, Jean-Louis regarda Baptiste s'écrouler sur le seuil de la ferme.

Lucienne se pencha sur son mari qui gémissait et grognait tout à la fois ; il saignait du nez.

— Tu l'as bien cherché ! soupira-t-elle.

Avec son beau-père, elle aida tant bien que mal Baptiste à se relever en le soulevant sous les aisselles.

Jean-Louis se campa aussitôt devant lui.

— Tu veux qu'on remette ça ? Je suis à ta disposition.

Baptiste ne répondit pas. Il tâtait son nez, ses lèvres qui avaient gonflé, son menton qui bleuissait. Le père Deschamps haussa les épaules.

— Que le « pagel » entre et voie l'enfant. Je lui donne dix minutes. Mais après, s'il ne s'en va pas, je prendrai le fusil !

Jean-Louis ramassa ses fleurs. D'un geste impatient, il écarta Baptiste qui tentait encore de s'interposer et suivit Lucienne.

Dans son lit à barreaux de cuivre, Florie semblait en cage. Elle était couchée à plat, mais sa tête versait sur le côté, à demi cachée par la masse brune de ses cheveux qui paraissaient plus vivants qu'elle.

Le cœur fou, Jean-Louis avança plus près. Il regarda la forme mince qui bombait à peine sous le drap et la courtepointe. Puis, d'une main tremblante, il repoussa doucement les cheveux amoncelés, contempla le visage étroit, transparent comme une eau de source qui coule, coule, jusqu'à épuisement précoce.

— Florie, ma mie... appela-t-il à voix basse.

Lucienne les avait laissés seuls. Florie ouvrit les yeux. Seigneur ! Qu'ils étaient bleus ! Son regard sur lui, son regard tendre, même pas surpris... oh ! il crut en mourir !

— Jean-Louis... Je savais que tu viendrais.

Sa voix était comme un filet, toujours le même filet d'eau ténu, d'une eau arrivée au bout de sa course. Mais il était là, lui, et l'impétuosité de son amour gonflerait d'un flot nouveau la source alanguie et dolente. Oui ! Il saurait bâtir un barrage d'amour autour de l'eau fuyante, avant que son cours ne tarît !

Doucement, il déposa les bleuets auprès de Florie. Elle le remercia de son clair sourire et, d'un geste, lui fit signe de s'asseoir auprès d'elle, au bord du lit.

— Ma mie... Pardon !

— Pardon de quoi ?

— J'aurais dû me montrer prudent, raisonnable pour deux !

— Ne regrette pas. Cet enfant représente ce que la vie nous offre de plus beau !

Elle se laissa aller contre l'oreiller. Déjà, elle était lasse. Mais dans ses yeux se lisait un bonheur ébloui.

Elle s'inquiéta, tout à coup :

— Mon père... Mon frère ? Ils t'ont laissé entrer sans te chercher querelle ?

— Tout s'est bien passé, mentit Jean-Louis. Lucienne a tout arrangé. Ne te fais pas de souci.

— J'avais raison, alors. Ils finiront par comprendre que nous nous aimons trop fort pour renoncer à vivre ensemble.

Bouleversé, il inclina la tête. Florie ne bougeait plus et Jean-Louis, qui avait accumulé pour elle quantité de baisers en réserve, lui qui avait frémi pendant des mois de tant de désirs inassouvis, restait paisible à ses côtés, enfermant dans ses grandes mains les doigts menus de la jeune mère. Le fils de Delphine passait par des alternatives d'espoir et de découragement. Leur futur bonheur lui paraissait soudain menacé par quelque chose d'imprécis mais combien plus redoutable que les hommes de la famille Deschamps.

— Jean-Louis, murmura Florie, tu ne demandes pas des nouvelles de notre petit ?

— Lucienne m'a assuré qu'il allait bien et que, dans un moment, elle nous l'apporterait.

— Je le nourris et c'est une grande chance ! Mais Lucienne pense que je n'en aurai pas la force longtemps et que, si je veux me remettre, il faudra bien renoncer à l'allaiter. Elle cherche donc une nourrice. Tu sais, je l'ai appelé Jean. C'est ton premier prénom, c'était aussi le nom de mon grand-père, le père de maman.

— Jean... J'aime bien.

Il regardait par la fenêtre le ciel qui se découpait en pans inégaux entre les branches du verger proche. Dehors, c'était le printemps, mais l'hiver était resté enclos dans la chambre.

— Florie, quand tu seras plus forte, je t'emmènerai avec le bébé.

— Ne nous pressons pas. Il y a l'affaire de la nourrice, je viens de te l'expliquer. Et puis je finirai bien par être majeure. Tout arrive, tu sais ! Le jour viendra où je serai libre de mes décisions. Mais, pendant le temps qui nous reste à patienter, j'essayerai sans me lasser de convaincre mon père !

— Mais si tu ne réussis pas ?

— Alors, dit-elle gravement, d'un ton solennel, alors c'est toi que je choisirai, bien sûr. Tu viendras me chercher, nous partirons ensemble, avec notre fils, et je n'aurai pas de regrets, enfin presque pas, puisque j'aurai fait l'impossible pour qu'ils t'acceptent et qu'ils t'apprécient.

Ému aux larmes, Jean-Louis tomba à genoux près du lit.

— Ma mie ! Enfin ! J'ai une véritable promesse !

— Tu doutais donc de moi, mon amour ?

Il ne répondit pas ; l'émotion lui serrait la gorge. Florie posa sa petite main sur la tête blonde de Jean-Louis, ébouriffa ses mèches épaisses. Ils restèrent ainsi un moment, baignés par la même paix, soulevés par la même espérance, presque heureux, contemplant chacun un paysage intérieur qui avait ses racines près d'un ruisseau coulant entre des rives fleuries de bleuets.

La porte s'ouvrit et Jean-Louis se releva, gêné de s'être laissé surprendre par Lucienne dans une attitude peu en accord avec la dignité que l'on prêtait à un gaillard de son gabarit.

Lucienne déposa délicatement un paquet blanc et bleu près de Florie.

— Je l'ai changé, il est tout propre. Réveillez-moi donc un peu ce petit paresseux qui dort aux heures des repas et braille toute la nuit !

Lucienne s'éloigna à regret. Florie, très fière, avait calé au creux de son bras l'enfant langé serré.

— Jean-Louis Villard, venez faire la connaissance de votre fils !

Alors, gauchement, Jean-Louis s'approcha. Le cœur gonflé par des sentiments mitigés, il se pencha et regarda le nourrisson. Ma foi… Ce bébé n'était pas laid du tout, rougeaud et fripé comme les nouveau-nés qu'il avait eu l'occasion d'apercevoir chez des amis de Combe-Verte. Il admira le nourrisson toujours endormi. Petit Jean… Oui, c'était vraiment le plus bel enfant qu'il ait jamais vu, avec une figure d'angelot, un crâne rond couvert d'un duvet de poussin, un menton bien dessiné, et cette bouche renflée et étirée par un vague sourire, ces menottes fermées, étreignant quel songe…

— Florie, ma mie, notre fils est une merveille !

— Il te ressemble, décréta la jeune mère, examinant tour à tour « la merveille » et le père lamentable de gaucherie et pourtant si fier. Ah ! sûr, quand mon Jean, plus tard, sera aussi grand que toi, et moi, toute petite entre vous deux, une naine presque, j'aurai belle allure !

Florie passa un doigt léger sur les lèvres du bébé, et celui-ci, chatouillé sans doute, ouvrit enfin les yeux. Jean-Louis, attentif, les découvrit, si bleus, fixant un point incertain dans la pièce. Les yeux de Florie ! Déjà, il était fou de ce petit garçon. Florie souriait, sereine ; Jean-Louis se persuada qu'elle avait meilleure mine et qu'elle se remettrait vite.

— Jean, petit bleuet, chuchota-t-il.

Lucienne toquait discrètement à la porte. Il était temps de partir. La trêve accordée par les Deschamps venait de prendre fin.

Chapitre 11

Ils ne se revirent pas, mais s'écrivirent, grâce à la complicité de Lucienne qui allait toujours au-devant du facteur et remettait elle-même le courrier à Florie. Et les mois s'écoulèrent, les rapprochant chaque jour un peu plus de cette majorité qu'ils espéraient tous les deux.

Jean-Louis avait demandé à sa bien-aimée de ne pas s'inquiéter si elle n'avait pas de nouvelles pendant les trois mois de la belle saison. Afin de se constituer un pécule, il s'était engagé comme scieur de long. Là-haut, sur les cimes centrales, hêtres, sapins et bouleaux géants régnaient sur la végétation. Le travail qui matait les corps l'empêcha de trouver le temps trop long. L'été passa et l'automne s'avança. Il rentra enfin aux Balmes, juste le temps d'embrasser sa mère et de faire quelques préparatifs. Quelques lettres de Florie l'attendaient, elles n'étaient pas récentes, mais il s'en empara comme d'un trésor et les lut plusieurs fois, se réchauffant aux mots d'amour qu'elles contenaient.

Le moment était venu d'affronter les Deschamps, sans doute pour la dernière fois puisque Florie était majeure depuis quelques jours. Delphine le regarda partir, en pleine nuit, priant le ciel qu'il revînt bientôt avec celle qu'il aimait tant et leur enfant. Mais, la semaine d'avant, des cauchemars avaient tourmenté l'Ardéchoise et elle en avait gardé une impression pénible.

Le jour n'était pas levé encore, mais la pâleur du ciel, l'imprécise lumière qu'il diffusait sur la nature, et aussi une tache brillante à l'est, tout cela annonçait son approche.

Jean-Louis remonta le sentier presque en courant. Les ombres s'effilochaient, une clarté laiteuse se répandait sur la campagne. Le cri d'une alouette s'éleva des champs moissonnés. Jean-Louis songea à Delphine, qui les attendait pour le surlendemain, car il n'était pas question que Florie se fatigue, et l'Ardéchois comptait faire plusieurs haltes en chemin, pour coucher dans une auberge.

Delphine qui détestait les travaux d'aiguille avait pourtant tricoté une layette complète destinée au « petit bleuet », et préparait pour Florie le refuge de son grand cœur.

Le fils Villard grimpait plus vite encore, le regard rivé sur les toits de la ferme. Si près du bonheur, mon Dieu, comme il avait peur, pourtant ! Serait-ce enfin possible ? Florie, sa femme devant Dieu et les hommes, et leur enfant portant enfin son nom…

La porte de la ferme s'ouvrit, Lucienne en sortit. Elle était toute vêtue de noir et, dans les couleurs du jour qui se précisait, sa silhouette forma comme une ombre. Jean-Louis se précipita. Des chiens, enfermés dans une remise, aboyèrent furieusement.

— Où est Florie, madame ? Elle m'attend, je le sais.

Lucienne le regarda, les yeux agrandis, avec une sorte d'épouvante. Puis, de ses lèvres sèches, tombèrent ces quelques mots, comme des pierres :

— C'est vrai, vous ne pouviez pas savoir et je n'ai pas pensé à vous écrire, tant j'étais accablée…

— Il est arrivé un malheur ? Le père Deschamps…

— Mon beau-père se porte bien. C'est Florie, dit Lucienne d'une voix rauque. Elle est… Elle n'est plus. C'est arrivé la semaine dernière.

Jean-Louis demeura silencieux, incapable encore de traduire le sens de ces mots terribles.

— Ses crises d'étouffement sont revenues après ses relevailles. Elle ne vous en disait rien dans ses lettres pour ne pas vous inquiéter. En juillet, son état a empiré. Une nuit, elle m'a appelée, elle souffrait. J'ai envoyé Baptiste quérir le médecin, mais son cœur a lâché avant qu'il arrive. Il n'aurait rien pu faire de toute façon. Florie était comme sa mère, elle n'était pas destinée à vivre longtemps. Nous l'avons enterrée près d'elle.

Quelque chose vacilla dans la tête de Jean-Louis. Puis, comme fou, il se détourna de Lucienne et dévala le sentier. Le jour s'était levé et sa clarté éblouissante fondait les champs et les prairies dans la même flamme orange qui aveuglait le jeune homme.

Comment accomplit-il aussi vite le trajet du retour ? Jean-Louis n'en garda pas le souvenir. Il marcha des heures, dormit dans une grange, marcha encore. Il était un peu plus de midi le lendemain quand le jeune homme arriva à l'entrée du chemin qui passait devant Combe-Verte avant de grimper vers les Balmes.

Hébété, Jean-Louis s'arrêta et regarda sans voir l'horizon de bois et de hautes cimes. Un filet bleu s'échappait de la cheminée des Jolès. Même en été, on allumait du feu, aux Balmes.

Jean-Louis se laissa tomber sur le talus qui bordait le chemin. Il avait les poings serrés comme pour la bagarre. *« Mon Dieu, mon Dieu, pourquoi est-ce que je vis, pourquoi je respire encore, moi ? Pourquoi est-ce que je ne suis pas mort sur le coup, en apprenant l'affreuse nouvelle ? Pourquoi me l'avoir prise, pourquoi l'avoir fauchée dans son printemps, elle qui n'a jamais fait de mal à personne ? »*

Delphine lui aurait dit que Dieu n'est pas responsable des malheurs accablant les humains… Il regarda la belle demeure des Jolès, couverte de lourdes plaques de lauzes, alors que la plupart des maisons de la Montagne, plus haut, étaient simplement chapeautées de chaume. Il ne reconnaissait plus rien de cet endroit où il avait joué, gardé les chèvres avec Delphine ou Élisa quand elle se joignait à eux. Il évoluait dans un cauchemar, prisonnier de ses noires spirales.

La maisonnette des Villard se trouvait au bout du chemin longeant les châtaigneraies des Jolès, et il était incapable de s'y rendre. Parce que, là-bas, dans une chambre toute neuve, attendaient un grand lit et le berceau de bois où il avait dormi, enfant, le berceau que Delphine avait préparé pour le « petit bleuet ».

Jean-Louis fit quelques pas, titubant comme s'il était ivre.

Élisa Jolès venait de débarrasser la table. Son père était allé voir leurs chevaux dans le pré, derrière la maison. C'était une bonne année, les châtaigniers étaient en fleur et promettaient une bonne récolte, trois juments avaient mis bas et les poulains, de bonne race, étaient déjà retenus. Il régnait aux Balmes une abondance discrète mais palpable. Généreuse comme l'avait été jadis son arrière-grand-mère Floriane, Élisa ne manquait jamais d'apporter un jambon, un sac de châtaignes ou de pommes de terre à leur voisine.

Pendant l'absence de son petit-fils, Delphine avait apprécié les visites quotidiennes d'Élisa, d'autant plus que ses rencontres amoureuses avec Thomas avaient pratiquement cessé.

Une fois, elle avait dit à la jeune fille, en parlant de Jean-Louis :

— « C'est de toi que j'espérais le voir tomber amoureux, mais on ne commande pas aux sentiments et j'accueillerai la petite Florie avec tout mon amour ! »

Élisa comprenait Delphine, qui ne ferait jamais rien qui puisse peiner son Jean-Louis. Mais la jeune fille avait été profondément blessée quand elle avait su que son ami d'enfance aimait une fille d'en-bas et comptait bien l'amener aux Balmes. Néanmoins, à part son père et Delphine, personne ne soupçonnait à quel point elle avait souffert, même pas – surtout pas – Jean-Louis.

Aujourd'hui Élisa s'était résignée et sa nature généreuse avait effacé toute l'amertume de son cœur. Elle souhaitait tout le bonheur possible à son ami d'enfance. Elle en avait pris son parti : elle ne se marierait pas, elle veillerait sur son père qui n'avait jamais voulu se remarier, et, plus tard, reprendrait la propriété qu'elle gérait déjà comme un homme, secondant Thomas Jolès. Et il était convenu qu'elle serait la marraine du « petit bleuet », pas encore baptisé.

Ce jour-là, comme Delphine, Élisa avait hâte de faire la connaissance de Florie et avait préparé un gâteau au miel qu'elle comptait apporter au jeune couple en cadeau de bienvenue.

Élisa s'essuya les mains et ouvrit la porte pour jeter aux volailles les miettes du repas. Ce fut du seuil de la maison que la jeune fille aperçut Jean-Louis. Il était déjà de retour ! Et il était seul.

Quelque chose dans son comportement l'alerta. Elle l'observa de loin, indécise, ne sachant pas si elle devait se manifester. Mais quand elle le vit tomber comme une pierre, elle se précipita.

— Jean-Louis, tu es seul ! Qu'est-il arrivé ? Es-tu malade ? Blessé ? Est-ce que tu t'es battu ?

Il leva vers son amie un visage égaré, livide sous l'éparpillement des mèches blondes.

— Me battre ?

— Avec le fils Deschamps, peut-être…

— J'aurais préféré, oui, si c'était nécessaire pour leur enlever Florie ! Mais il y a plus fort que les Deschamps. Il y a quelque chose contre quoi mes poings ne servent à rien.

— Jean-Louis, tu me fais peur ! Qu'est-il arrivé ? Parle !

— Florie est morte.

— Quoi ! Qu'est-ce que tu racontes ?

— Elle est morte. Depuis une semaine. Ma petite Florie, ma mie. Morte, tu comprends, Élisa ! Elle venait d'atteindre sa majorité et elle m'aurait suivi. Mais elle est morte, elle est tombée comme une fleur fauchée par le vent, comme un oiseau épuisé par sa course.

— Jean-Louis, tu me fais peur…

— Tu ne me crois pas ? Tout est de ma faute.

— Ne dis pas cela ! Comment est-ce arrivé ?

— Elle était si faible… Son cœur n'a pas tenu. L'épreuve d'une grossesse et d'un accouchement, c'était trop pour une nature si fragile. Si je ne lui avais pas fait cet enfant, elle serait encore là !

— Non, non, ne crois pas ça. Si Florie avait le cœur malade, un jour ou l'autre tu l'aurais perdue. Souviens-toi de ce qui est arrivé à ma mère.

Il haussa les épaules et retomba dans son état de prostration. Élisa s'assit près de lui, dans l'herbe que le soleil avait séchée.

— Jean-Louis, mon pauvre ami, dit-elle avec compassion.

Et elle attira la tête du jeune homme contre sa poitrine, à sa manière brusque.

Alors, Jean-Louis pleura enfin, ce fut comme un orage qui creva en lui, charriant jusqu'à sa gorge des sanglots intolérables à entendre.

— Pleure, va, Jean-Louis. Pleure et après tu iras mieux !

La tête blonde de l'Ardéchois avait roulé un peu sur le cou d'Élisa et ses larmes mouillaient la peau hâlée de la jeune femme. Elle resserra farouchement ses bras sur Jean-Louis, comme pour en faire un rempart entre le mal et lui. Enfin, le jeune homme se redressa.

— Je rentre chez nous, à présent. Il faut que j'annonce cette affreuse nouvelle à ma mère.

— Veux-tu que je t'accompagne ?

— Oui, je veux bien, soupira Jean-Louis, et ils se dirigèrent ensemble vers la petite maison des Villard.

Les deux femmes aidèrent Jean-Louis à se coucher. Lorsqu'Élisa eut tout raconté à Delphine, elle les laissa seuls, en promettant de venir prendre bientôt des nouvelles.

— Bois cela ! commanda Delphine en présentant un bol fumant à Jean-Louis.

Il obéit et avala d'un trait. Puis il regarda sa mère, le visage inondé de larmes.

— Ils ont gardé mon fils ! dit-il d'une voix sourde.

Il s'effondra sur le lit avec de nouveaux sanglots et aussi un immense besoin d'oubli.

— Mon petit, murmura Delphine, mon enfant ! Dors, repose-toi.

Elle lui avait préparé une tisane de sa composition, que n'aurait pas reniée la vieille Fanette, la « femme aux herbes », avec des plantes qui apportent le sommeil, sinon la paix. Et Jean-Louis ne tarda pas à s'engourdir.

Soudain vieillie, Delphine s'affairait dans la maison en grommelant.

Bientôt, lasse de maltraiter mobilier et casseroles, elle revint vers le lit, caressa les cheveux de son fils.

Elle l'embrassa et, comme à travers un brouillard, Jean-Louis sentit les larmes de sa mère se mêler aux siennes.

Un moment après, il dormait, comme on sombre.

Chapitre 12

La fin de l'automne passa comme dans un rêve étrange où le temps n'a aucune signification.

Thomas Jolès s'offrit à servir de médiateur auprès des Deschamps et il alla les voir en Basse-Ardèche. Mais, comme il fallait s'y attendre, ceux-ci refusèrent tout arrangement. Ils ne confieraient jamais l'enfant à son père et l'élèveraient, la loi était de leur côté.

Jean-Louis se tuait au travail, c'était sa manière d'oublier un peu. Delphine avait fait disparaître le berceau de bois. L'originale Ardéchoise avait perdu sa joie de vivre. Elle se laissait aller, elle oubliait de passer sa crinière au henné et nulle cigarette roulée par ses soins n'oscillait au coin de ses lèvres brusquement fanées, qu'elle ne rougissait plus de fard.

Atteinte par le désespoir de son fils, elle avait du mal à réagir. Elle avait tellement souhaité la venue du « petit bleuet » ! Elle ne le verrait donc jamais sur cette terre, ce petit-fils ?

— Tu ne rends pas service à ton gars en te négligeant de la sorte ! lui lança un jour Thomas Jolès.

Elle, si forte, éclata alors en sanglots. Ils se tenaient au bord de la châtaigneraie aux feuilles roussies par l'automne et les premiers gels. Thomas l'attira contre lui.

— Ma pauvre Delphine… Tu sais pourtant bien comme moi que la vie est un long chemin semé d'épines.

— Je le sais, mais c'est dur de voir souffrir son enfant.

— Le temps finira par apaiser sa peine. Tu te souviens, quand j'ai perdu Adeline ? Dans quel état j'étais ! Mais tu as su me réconforter, prendre soin de moi et de ma fille, et je t'en serai toujours reconnaissant.

Il mit un baiser sur son front et s'écarta. Ils ne seraient plus jamais des amants, Delphine le savait, mais son amitié lui restait et c'était tout ce qui importait.

— Je te promets, Thomas, je vais faire un effort.

— Bien ! C'est comme ça que je te préfère !

Il s'éloigna, le cœur empli de compassion mais aussi du souvenir de cette souffrance effroyable, quand la mort lui avait ravi la femme qu'il aimait. La blessure était refermée, mais la cicatrice ne s'effacerait pas, et, par moments, elle était si douloureuse qu'il avait envie de crier.

Ses parents, puis Floriane qui l'avait élevé, le « Loup » – son cousin Pierre –, la Fanette, Adeline…

La vie passait comme un songe qui emportait les êtres qu'on aimait.

Abruti de fatigue et de chagrin, Jean-Louis se couchait tout de suite après avoir avalé sa soupe. Le matin, il s'attardait dans le sommeil comme dans un refuge. Delphine le réveillait à regret. Il apercevait alors les cheveux hirsutes et désormais blancs de sa mère, dont le regard malheureux semblait s'excuser de ne rien pouvoir faire. Alors c'était lui qui la consolait, qui lui assurait qu'il allait bien, mieux que la veille, en tout cas.

L'hiver fut rude et Thomas Jolès invita souvent ses voisins à veiller autour d'un bol de châtaignes. Élisa, le cœur serré, observait son ami. On aurait dit qu'il avançait les mains tendues dans le noir. Il s'exprimait d'une curieuse façon, à voix basse, comme s'il berçait sa douleur avec des mots et une musique d'accompagnement entendus de lui seul. Ces paroles comme la musique dessinaient pourtant des images, une rivière, des saules, un bois de pins, une prairie, des vergers, des vignes, une montagne noire sur un ciel rouge. Mais Jean-Louis progressait dans ce paysage en aveugle parce qu'il y manquait le soleil, et le soleil s'était éteint avec Florie.

Élisa attendait avec patience que les plaies de son ami se cicatrisent. La vie est exigeante. Elle entraîne les vivants dans son cours tumultueux. Et, cahin-caha, Jean-Louis fut emporté par le courant des jours. Le printemps le trouva plus calme. Delphine, que cette saison revigorait, se ressaisit un peu. De nouveau, elle teignit ses cheveux, mais les réunit sagement en une grosse tresse. Elle n'oubliait pas ce petit garçon qui allait grandir loin d'eux, mais un nouvel espoir la soutenait. Elle espérait un dénouement proche et heureux à l'amitié d'enfance qui unissait Élisa et son fils, qu'elle entoura plus que jamais de ses soins et de son affection bourrue.

Et son vœu fut exaucé : Jean-Louis demanda Élisa en mariage. Il éprouvait pour son amie une immense affection et Delphine ne doutait pas que ce sentiment se transforme en un attachement véritable. À présent rassurée, elle pouvait aborder l'automne de sa vie. Grâce à Jean-Louis, elle mènerait une existence choyée, à l'abri de tout souci, et dans le sillage de l'homme qui, après Joseph, avait tellement compté dans sa vie de femme. Qui comptait encore, d'ailleurs…

Restait cette épine plantée au cœur : le « petit bleuet », qui allait pousser sans les connaître, sans jamais entendre parler d'eux, sans doute ! Alors Delphine pria, pria de tout son cœur, et elle accepta, pour elle et pour Jean-Louis, l'épreuve de cette frustration. Elle la remit entre les mains du Créateur. Et, dès cet instant où elle se résigna, le fardeau devint léger, léger, au point que…

Au point que les choses changèrent, mais Jean-Louis ne le savait pas encore.

Il ne pleuvait plus, le vent devenait presque doux, le tardif printemps montagnard montrait enfin le bout de son nez vert. Les fleurs sauvages émaillaient les prairies, les ruisselets précipitaient leur course, le givre fondait comme du sucre sous le soleil plus ardent de jour en jour. Chaque fossé, chaque rigole où courait une eau libérée, inventait une musique, une chanson.

Quand le travail ne pressait pas, Élisa et Jean-Louis vagabondaient. Le jeune homme s'abandonnait peu à peu à ce nouveau bonheur, timide encore. Ils s'allongeaient dans l'herbe, regardaient les nuages dériver vers le Nord. Avec le temps, Jean-Louis s'était enhardi et il recherchait le contact du corps de sa fiancée. Elle ne le repoussait pas, au contraire. Elle le désirait autant qu'elle l'aimait. Ils se dévoraient de baisers, mais Élisa percevait toujours comme une réticence chez Jean-Louis.

D'abord, elle crut qu'il voulait attendre leur mariage pour la faire sienne, mais elle devina que le léger fantôme de Florie était encore entre eux. Alors elle n'eut de cesse que Jean-Louis perde la tête, persuadée que lorsqu'ils auraient fait l'amour tout serait plus facile, et plus simple aussi. L'amour charnel le délivrerait en partie de sa terrible peine. En se plantant profond en elle, il s'enracinerait de nouveau dans la vie. En cela elle avait raison et, insensiblement, elle sut que son fiancé allait succomber.

Ce jour-là, il faisait si beau, le ciel était si bleu, tout invitait au bonheur et Jean-Louis paraissait plus détendu, presque heureux.

— Te souviens-tu, Élisa, quand je piquais des marguerites dans tes cheveux ? Tu avais douze ans, peut-être.

— Et toi un peu moins, mais tu étais plus grand que moi. Je n'étais pas petite, pourtant. Si tu savais comme je t'admirais, déjà, comme je te trouvais beau ! Je me disais que nous étions faits l'un pour l'autre.

Il la serra dans ses bras.

— Et sans doute avais-tu raison. Mais je n'oublie pas Florie, tu sais.

— Je ne te demande pas de l'oublier, elle est unique. Mais je suis là et la vie continue, Jean-Louis. Nous allons être heureux, je te le jure !

Il la serra plus fort. Bouleversée, elle retrouva son parfum d'homme. Elle sentait la tension de ses muscles durcis et elle frémit. Le désir fou qu'il éprouvait enfin était d'une évidence qui la rendait folle. Pourquoi résistait-il encore, qu'attendait-il ? Elle se fit plus câline, enveloppante. Il gémit et elle eut un rire bas, sensuel, triomphant aussi. Jean-Louis la prit par la main. Il l'entraîna et entra avec elle dans le bois, se dirigeant vers la borie qui avait si souvent abrité les amours secrètes de Thomas et de Delphine. Ils s'embrassèrent avec fièvre et ils glissèrent enlacés sur la paille.

Chapitre 13

Devant les grilles de fer forgé du cimetière, Jean-Louis s'arrêta, le cœur déréglé. Lucienne Deschamps lui avait fait parvenir un message. Elle l'attendait près de la tombe de Florie. C'était un endroit étrange pour un rendez-vous, mais, à bien réfléchir, elle n'aurait pas pu trouver mieux.

Jean-Louis ne se décidait pas à entrer. Malheureux, il regarda le coin de nature qui s'étirait autour du cimetière. Morcelée en petits carrés de terre, la campagne était verte, dorée et bleue sous le soleil.

Il franchit enfin le seuil de ce grand jardin silencieux et soupira, s'arrêta de nouveau, fit un pas, un autre encore. Sous le ciel bleu, le cimetière n'était pas triste comme il s'y attendait. Çà et là se dressaient des pins où chantaient les oiseaux. Les tombes étaient nettes comme des platesbandes et les allées parsemées de gravier.

Le fils Villard avança dans la lumière jusqu'à ce qu'il trouve la tombe de la famille Deschamps.

Sur la pierre grise, il lut des noms gravés pour une éternité d'indifférence. L'avant-dernier de la liste était celui de la mère de Florie. Et, sous celui-ci, il épela, chaviré, d'une voix tremblante : « *Florie Deschamps* ».

Elle n'avait pas eu le temps de s'appeler « Villard ».

Jean-Louis s'agenouilla gauchement. Dans sa tête, avec netteté, il revoyait Florie et ses yeux bleus. Il fit le signe de la croix, mais quand il voulut commencer ses prières, il s'aperçut qu'il ne les savait plus.

Il se redressa et s'approcha du petit mur d'enceinte. Il l'enjamba et entra dans le champ voisin, cueillit des bleuets et en composa une gerbe qu'il déposa sur la tombe modeste. Alors, les larmes dont il avait cru la source enfin tarie vinrent sourdre à ses yeux.

— Florie, ma mie ! murmura-t-il le cœur saignant de la blessure rouverte.

Il gémit, sourdement, mais il se souvint de l'enseignement de sa mère et, de nouveau, accepta cette souffrance. À cet instant, quelqu'un le toucha à l'épaule. Il tressaillit et il écarta ses mains, montrant son visage égaré, douloureux, ravagé par ses larmes d'homme.

Lucienne Deschamps le regardait. Elle portait sur son bras un petit garçon d'environ deux ans.

— Tu es à l'heure au rendez-vous, Montagnard ! Tu n'embrasses donc pas ton fils ?

Sur le bras de Lucienne, l'enfant s'agita. C'était un beau petit, potelé, rose et blanc, avec de grands yeux d'un bleu extraordinaire. Son sourire était gracieux et une fossette creusait sa joue ronde.

— Il est beau, n'est-ce-pas ? dit Lucienne. Il ressemble à notre pauvre chère Florie, mais il te ressemble aussi.

Elle tendit l'enfant à Jean-Louis.

— Je suis allée le chercher ce matin chez la nourrice qui le garde pendant la matinée. Emmène-le. Je te rends ce qui t'appartient !

Comme le gars, bouleversé, ne bougeait pas, Lucienne dit encore :

— Ne crains rien : le père Deschamps est au courant. Tu pourras reconnaître le petit, prends conseil d'un homme de loi pour la marche à suivre.

— Mais pourquoi ? Pourquoi maintenant ?

— J'ai su les convaincre. Depuis la mort de Florie, les Deschamps ne sont plus les mêmes. Et puis le Ciel nous a accordé une grâce : le mois dernier, j'ai mis au monde un petit garçon qui est plein de vie. Je l'ai appelé Florian, en souvenir de celle que nous avons tous aimée, mais d'une manière différente, et parfois bien mal. Je te demande… Amène Jean quelquefois aux Églantiers, nous l'aimons tant !

Jean-Louis s'empara gauchement du petit, qui riait, nullement effarouché.

— Je vais me marier, dit-il. Avec une fille des Balmes que je connais depuis l'enfance. Elle aimera Jean de tout son cœur et nous lui parlerons de sa mère. Florie ne sera pas oubliée.

« Le temps travaillera pour nous ! » avait assuré Florie. Comme elle avait raison ! Hélas ! La petite bien-aimée n'était plus là pour recueillir les fruits longuement mûris de la patience. Et Jean-Louis songeait à tout cela avec amertume. Lucienne devina ses pensées. Elle désigna l'étroite tombe.

— Qui peut comprendre les desseins de la Providence ? Florie avait un travail à accomplir sur cette terre et nous savons aujourd'hui lequel. Ce travail mené à bien, Dieu l'a rappelée dans sa lumière. Florie était un ange du Bon Dieu, je crois.

— Vous parlez comme ma mère !

— Il y a… comme un voile qui s'est déchiré en moi. J'avais pris la décision de convaincre les Deschamps de vous rendre le petit, avant même de tomber enceinte. Et, quelques semaines plus tard, voilà que j'ai découvert en moi cette espérance de vie.

— Delphine, ma mère, dit qu'il faut lâcher prise, quand tout va mal. Accepter, cesser de nous torturer, et tout remettre à Dieu qui sait ce qu'il nous faut.

— J'aimerais rencontrer ta mère, Montagnard !

— Elle vous plaira. Montez nous voir quand vous voulez. Jean doit grandir en connaissant et en aimant son cousin Florian !

— Oh ! Montagnard… Ne pleure pas, va ! Tu es quelqu'un de bien et je sais que notre chère absente nous voit. Je sais que, là où elle se trouve en esprit, notre douce Florie est heureuse et apaisée.

Revenant à une conversation plus terre à terre, Lucienne donna quelques conseils au jeune père concernant l'alimentation de Jean. Elle lui remit aussi un baluchon contenant les vêtements de l'enfant. Ensuite, elle ajouta, sans quitter Jean-Louis du regard :

— La part des terres qui aurait dû échoir à Florie, plus tard, reviendra de droit à Jean. Va, maintenant, emmène ton fils, mais donne-nous vite de ses nouvelles.

— C'est promis. Au revoir, Lucienne. Et... merci... Vous aussi, vous êtes quelqu'un de bien !

Le bambin gigotait, s'impatientant. Jean-Louis le regarda encore et le trouva beau et aimable. Son cœur délivré s'ouvrait totalement à la tendresse. Il serra fort cet enfant qui incarnait son amour. Puis il s'en alla à grandes enjambées, emportant son trésor. À la grille du cimetière, il se retourna néanmoins. Lucienne Deschamps était restée près de la tombe paisible.

Jean-Louis cria :

— Je vous ferai bientôt parvenir des nouvelles et je conduirai souvent mon fils aux Églantiers. Venez nous voir, vous aussi. Jean n'oubliera pas les Deschamps et il connaîtra son cousin. Florie l'aurait voulu ainsi.

Le ciel était un véritable réservoir de clarté, et le surplus de lumière qui coulait jusqu'au sol était d'une intensité aveuglante. Le silence de la campagne était à peine souligné par le chant des grillons, un lointain meuglement ou le bêlement d'une chevrette. Les maisons de la bourgade étaient assoupies sous leur chape de soleil. Une buée légère s'élevait de la terre. Jean-Louis pensait au ruisseau que Florie aimait. S'il tendait bien l'oreille, sûr, il pourrait entendre son languissant murmure.

L'enfant gazouillait. Jean-Louis embrassa timidement la frimousse rieuse à la peau veloutée.

— On y va, mon fils, mon petit bleuet ! La montagne, c'est droit devant.

Achevé d'imprimer en décembre 2007
par l'imprimerie Chirat à Saint-Just-la-Pendue
pour le compte et le plaisir des éditions

La Fontaine
de Siloé

à Montmélian, en Savoie